EX LIBRIS

Aus der Bibliothek von:

Die drei !!!

Die drei !!!

Henriette Wich

Die drei !!!

Tatort Kreuzfahrt

Kosmos

Umschlagillustration von Ina Biber, Gilching
Umschlaggestaltung von Friedhelm Steinen-Broo, eSTUDIO CALAMAR

Weitere Bände dieser Reihe siehe S. 143

FSC
www.fsc.org
MIX
Papier aus verantwortungsvollen Quellen
FSC® C014496

Gedruckt auf chlorfrei gebleichtem Papier

ISBN 978-3-440-14490-9

Redaktion: Natalie Friedrich
Produktion: DOPPELPUNKT, Stuttgart
Printed in Germany / Imprimé en Allemagne

Die drei !!!

Tatort Kreuzfahrt

Stargeflüster

Endlich Osterferien! Kim verbannte ihre Schultasche in den hintersten Winkel des Kleiderschranks und stellte alle Schulbücher und Hefte in die zweite Reihe des Regals. Vierzehn Tage keine Englischvokabeln pauken, vierzehn Tage ohne lästiges Bruchrechnen und ohne Büffeln von Jahreszahlen in Geschichte. Aber das Allerbeste war: vierzehn Tage ohne die nervige Hausaufgabenkontrolle ihrer Mutter!

Kim lehnte sich im Schreibtischstuhl zurück und startete den Computer. Der erste freie Abend gehörte ihr ganz alleine. Sie hatte sich gleich nach dem Abendessen zurückgezogen und ihre Tür sorgfältig abgeschlossen, damit Ben und Lukas nicht hereinplatzen konnten. Ihre Zwillingsbrüder hatten nämlich die dumme Angewohnheit, sie genau dann zu stören, wenn es ihr überhaupt nicht passte. Zum Beispiel während sie gerade superprivate Dinge in ihr geheimes Tagebuch schrieb.

Heute hatte Kim jedoch etwas anderes vor. Sie wollte endlich mal wieder in Ruhe im Internet surfen. Vielleicht gab es ja was Neues in den Stadtnachrichten: einen Diebstahl oder Einbruch, dem sie mit ihrem Detektivclub *Die drei !!!* nachgehen konnte. Kim durchforstete die Lokalmeldungen, fand aber leider nichts, was auch nur im Entferntesten nach einem neuen Fall aussah. Schade! Der Club hatte schon einige Monate nichts mehr zu tun gehabt. Kim vermisste die spannende Ermittlungsarbeit und das aufregende Kribbeln bei der Beschattung von Verdächtigen. Mit Franzi und Marie,

ihren beiden Detektivkolleginnen, machte es großen Spaß, Verbrechen aufzuklären. Manchmal konnte Kim es kaum glauben, dass sie gemeinsam schon über 50 Fälle erfolgreich gelöst hatten.
Kim klickte die Stadtnachrichten weg. Andererseits hatte es auch Vorteile, gerade nicht in anstrengenden Ermittlungen zu stecken. Schließlich hatte sie Ferien! Kim öffnete ein Musikvideo, das sie sich früher öfter mit Michi angesehen hatte, als sie noch in derselben Stadt gewohnt hatten. Jetzt lebte ihr Freund leider ziemlich weit weg an seinem Studienort und sie konnten sich viel zu selten sehen. Auch ihr Alltag lief nun völlig unterschiedlich ab: Während Kim zur Schule ging, besuchte Michi Seminare an der Uni, hatte neue, ältere Freunde und feierte abends auf Studentenpartys. Es war, als ob sie nicht nur in zwei unterschiedlichen Städten, sondern in zwei fremden Welten lebten. Kim hoffte sehr, dass sich dieses Gefühl bald ändern würde und sie sich trotz der Entfernung wieder näherkamen. Aber momentan wusste sie noch nicht richtig, wie das gehen sollte.
Das Musikvideo war keine gute Idee gewesen. Es machte Kim traurig. Um sich abzulenken, startete sie eine Playlist mit Gute-Laune-Songs und summte leise mit. Plötzlich stutzte sie. Bei den Empfehlungen des Musikportals entdeckte sie ein neues Interview mit dem Sänger der *Boyzzzz,* Nick Voss. Die *Boyzzzz* waren Kims absolute Lieblingsband. Sie kannte alle Songs auswendig.
Gespannt klickte Kim das Video an. Nick Voss strahlte sie mit seinen lebhaften blauen Augen an. Er fuhr sich mit der Hand durch die blonden, fransig geschnittenen Haare und

begrüßte die Reporterin mit einem lässigen »Hi, Emma! Freut mich, dich kennenzulernen«.
»Hi!« Die leise gehauchte Antwort der Reporterin war kaum zu hören. Emma hatte vor lauter Aufregung rote Wangen. Bestimmt stand sie dem berühmten Star zum ersten Mal gegenüber.
Kim musste grinsen. Ihr wäre das an Emmas Stelle nicht passiert. Die drei !!! kannten Nick persönlich und hatten schon zweimal für ihn ermittelt. Kim fand wirklich toll, dass Nick ganz unkompliziert und supernett war. Er hatte überhaupt keine Star-Allüren.
Inzwischen hatte die Reporterin ihre Aufregung wieder im Griff. »Die Fans warten sehnsüchtig auf das neue Album der *Boyzzzz,* Nick. Kannst du uns verraten, wann es erscheinen wird?«
Nick Voss lächelte geheimnisvoll. »Der genaue Termin steht noch nicht fest, aber so viel kann ich jetzt schon dazu sagen: Es wird *Cruising* heißen. Ein Song fehlt uns noch. Dazu müssen wir mit der Band noch ein bisschen in der Welt herumreisen.«
»Du hast mir vorhin erzählt, dass es auf eurer neuen CD um das spannende Thema Kreuzfahrt geht. Bedeutet das, die *Boyzzzz* werden bald auf ein Kreuzfahrtschiff gehen?«, hakte Emma nach.
Der Sänger lachte amüsiert. »Eine sehr gute Frage, auf die ich leider keine Antwort geben kann.«
Die Reporterin zwinkerte Nick zu. »Schade! Aber ich verstehe, das ist natürlich noch geheim. Sprechen wir lieber über die nächsten Konzerte. Wann startet denn eure Tournee?«

Während Kim das Interview weiterverfolgte, angelte sie sich ihr Handy vom Schreibtisch. Wie gut, dass die drei !!! Nicks Handynummer hatten! Kim tippte eine kurze Nachricht und schickte sie los.

Hi Nick,
tolles Interview! Freu mich schon auf euer neues Album.
Hab von der Reise gehört. Klingt ja echt spannend.
Geht ihr bald auf Kreuzfahrt? Wo fahrt ihr denn hin?
Liebe Grüße
Kim

Sie legte das Handy weg und versuchte sich wieder auf das Interview zu konzentrieren, was ihr nicht wirklich gelang. Wann würde Nick antworten? Heute oder doch erst morgen? Er hatte natürlich jede Menge Termine und immer wahnsinnig viel zu tun.
Kims Handy machte »Pling!«. Sie hatte eine neue Nachricht bekommen. Es war tatsächlich Nick! Aufgeregt las Kim, was er geschrieben hatte.

Hi Kim,
schön, mal wieder von dir zu hören! Alles klar bei den drei !!!?
Wollen wir uns übermorgen treffen? 15:00 in der Chocolaterie*?*
Dann erzähl ich euch mehr von der Reise.
Du hast mich nämlich auf eine super Idee gebracht.
Bis bald
Nick

Normalerweise stimmte Kim sich bei Terminen vorher mit Marie und Franzi ab, aber in diesem Fall machte sie eine Ausnahme. Ihre Freundinnen würden garantiert alles stehen und liegen lassen, wenn sie erfuhren, dass Nick sich gemeldet hatte.
Kim antwortete ihm: *JA!*

Ein verführerischer Duft schlug Kim entgegen, als sie am Sonntagnachmittag den kleinen Laden im Ostviertel betrat. Marie hatte es gut, die *Chocolaterie* lag gleich bei ihr um die Ecke. Hier gab es französischen Kakao, Pralinen, Schokoladenkuchen und die besten *Pains au Chocolat* der Stadt. Heute freute sich Kim doppelt: auf den superleckeren Schokoladenkuchen mit Mandeln, den sie sich bestellen würde, und auf Nick Voss. Er hatte es in seiner Handy-Nachricht ganz schön spannend gemacht. Kim brannte darauf, endlich mehr von der geheimnisvollen Reise zu erfahren. Suchend sah sie sich um.
»Kim, hallo, hier sind wir!« Marie winkte ihr aufgeregt von einem Tisch neben der Ladentheke entgegen.
Franzi war auch schon da. Kim ging zu ihren Freundinnen hinüber, umarmte sie und ließ sich auf einen freien Stuhl fallen. »*Bonjour!* Mensch, ihr seid ja pünktlich! Sonst bin ich doch immer die Erste.«
»Äh … das war reiner Zufall«, behauptete Franzi. »Ich hab einen früheren Bus erwischt.«
Kim musterte ihre sportliche Freundin. Franzi hatte heute ausnahmsweise keine Jeans an, sondern ein grünes Kleid und trug etwas Lipgloss.

»Klar, reiner Zufall!« Kim grinste. »Du siehst toll aus.«
Franzi zupfte verlegen an den silbernen Haargummis, die sie um ihre kurzen Zöpfe gebunden hatte. »Danke.«
»Und was ist mit mir?« Marie wollte für ihr perfektes Styling in leuchtenden Frühlingsfarben auch ein Kompliment hören.
Kim kam nicht mehr dazu, weil in dem Moment ein Mann mit abgewetzter Lederjacke hereinkam, sich suchend umblickte und dann lächelnd auf die Mädchen zusteuerte.
»Hallo, Fabian!«, begrüßte Kim ihn überrascht. »Wir haben uns ja lange nicht gesehen! Wie geht es dir?«
Fabian war Regisseur. Die drei !!! hatten ihn kennengelernt, als er die Hochzeitsvorbereitungen von Nick und seiner Verlobten Eva gefilmt hatte. Die Doku-Soap *Nick & Eva in Love* war damals ein großer Erfolg im Fernsehen gewesen.
Fabian lächelte. »Mir geht's sehr gut, danke. Ist bei euch noch ein Platz frei?« Er wollte sich setzen.
Franzi räusperte sich. »Äh … der Platz ist leider schon besetzt. Wir sind nämlich mit Nick verabredet. Er müsste eigentlich schon hier sein.«
»Ach so, ich soll euch schöne Grüße von Nick ausrichten. Er musste leider zu einem anderen Termin und lässt sich entschuldigen. Fabian zog seine Lederjacke aus und hängte sie über den Stuhl.
»Oh nein! Ausgerechnet jetzt?«, rief Marie war enttäuscht.
Auch Kim war ganz schön geknickt. Sie hatte sich so auf Nick gefreut.
»Ja, tut mir wirklich leid«, sagte Fabian. »Also, wozu darf ich euch einladen? Heiße Schokolade und Kuchen?« Er fragte

nach den Wünschen der Mädchen und gab die Bestellung auf.
Kurz darauf brachte die Bedienung die Kuchen und Getränke. Kim griff zur Gabel. Die Kombination aus geriebenen Mandeln und Schokoladenteig schmeckte so fantastisch wie immer. Trotzdem konnte sie ihren Lieblingskuchen heute nicht richtig genießen.
Fabian lächelte verschmitzt. »Ich glaube, es gibt keinen Grund, traurig zu sein – im Gegenteil. Ich hab nämlich eine Überraschung für euch.«
»Eine Überraschung? Was denn für eine?« Franzi beugte sich neugierig über den Tisch.
Der Regisseur löffelte betont langsam die Sahnehaube von seiner heißen Schokolade. »Habt ihr in der zweiten Woche der Osterferien schon was vor?«
»Nein, wieso?«, fragte Marie ungeduldig.
Fabians Lächeln wurde breiter. »Gut zu wissen. Nick lädt euch zu einer Kreuzfahrt ein: sieben Tage von Istanbul nach Venedig!«
»Was???«, riefen Kim, Franzi und Marie gleichzeitig.
Nach dem gemeinsamen Aufschrei verschlug es ihnen erst mal die Sprache. Was für eine sensationelle Neuigkeit!
»Das ist noch nicht alles«, erzählte Fabian weiter. »Ihr dürft als Statistinnen bei einem Videoclip-Dreh mitmachen. Die *Boyzzzz* werden auf See den letzten Song ihres Albums *Cruising* aufnehmen.«
Marie schnappte nach Luft. »Kim, bitte kneif mich mal, das muss ein Traum sein – autsch! – es ist doch kein Traum. Es ist wirklich wahr. Wahnsinn! Wann geht's denn los?«

Kim sah lebhaft vor sich, wie Marie in Gedanken bereits ihren großen roten Rollkoffer packte.
»Am Ostersonntag«, antwortete der Regisseur.
Kim zählte nach. »Schon in sieben Tagen!«, murmelte sie verblüfft.
Franzi, die sonst so gern und viel redete, wiederholte immer wieder nur ein einziges Wort: »Cool! Cool! Cool!«
»Ja, das ist cool, aber auch eine ziemlich spontane Entscheidung.« Fabian seufzte. »Ich hatte schon drei Statistinnen für den Dreh gebucht. Die Verträge mit den Agenturen darf ich jetzt wieder auflösen. Das wird kein Spaß. Nick hat meine ganze schöne Planung über den Haufen geworfen.«
Marie musste lachen. »Also ich finde, das war die beste Entscheidung seines Lebens.«
»Ich auch«, stimmte Franzi sofort zu.
Kim kam kurz ins Grübeln. Eine Kreuzfahrt, das klang super. Aber ihr wurde auch klar, was der Videoclip-Dreh bedeutete: Sie würde vor der Kamera stehen, sie sollte tanzen, singen und dabei ganz locker und cool wirken. Für Marie mit ihrem Schauspiel- und Gesangstalent war das natürlich kein Problem. Kim dagegen befürchtete jetzt schon, vor lauter Lampenfieber zu stolpern und in den Pool zu fallen. Aber vielleicht würde ja auch alles glattlaufen. Immerhin hatte sie bereits im *Rock Camp* erfolgreich ihr Lampenfieber besiegt. Kim schickte ihre Bedenken schon mal in den Urlaub und merkte, wie sich langsam eine wunderbare Vorfreude in ihr ausbreitete. Sie würde zum ersten Mal eine Kreuzfahrt machen!
Fabian schob sich den letzten Bissen seines Schokoladenku-

chens in den Mund. »Ach ja, bevor ich es vergesse: Ich brauche noch die Einverständniserklärung eurer Eltern, dass ihr mitfahren dürft. Ihr seid noch zu jung, um alleine auf Kreuzfahrt zu gehen.«

Kim, Franzi und Marie sahen sich entschlossen an. Daran sollte die Reise nicht scheitern!

»Wir werden unsere Eltern fragen und geben dir dann Bescheid«, sagte Marie.

Der Regisseur nickte. »Genau. Es wäre wichtig, dass sich ein Elternteil bereit erklärt, als Begleitperson mitzufahren – wir übernehmen dann natürlich die Reisekosten.«

Franzis Gesicht hellte sich auf. »Wie wär's, wenn du deinen Vater fragst, Marie? Er hat doch bestimmt Zeit und Lust.«

Als Schauspieler hatte Helmut Grevenbroich immer wieder Pausen zwischen den Dreharbeiten.

»Ich fürchte, daraus wird nichts«, sagte Marie mit gerunzelter Stirn. »Mein Vater hat gerade erst einen wichtigen Dreh abgesagt, damit er mehr Zeit mit Tessa und Finn verbringen kann.«

Kim wusste, dass sie ihre Eltern gar nicht erst zu fragen brauchte. Ihre Mutter war mit ihrem Job als Rektorin an der Grundschule auch in den Ferien ziemlich eingespannt und ihr Vater musste sich neben seiner freiberuflichen Tätigkeit als Uhrmacher um Ben und Lukas kümmern. Bei Franzis Familie war es ähnlich. Herr Winkler konnte seine Tierarztpraxis nicht im Stich lassen und Frau Winkler hatte für Ostern jede Menge Aufträge für ihren Kuchenservice.

Fabian legte seine Serviette auf den Teller. »Ich drück euch die Daumen. Es könnte übrigens auch eine andere erwachsene Begleitperson mitfahren. Gebt mir bitte bald Bescheid, damit ich planen kann.«

Plötzlich rief Marie aufgeregt: »Ich hab's: Tante Florentine!«

»Geniale Idee«, sagte Kim. »Ruf sie am besten gleich an.«

Maries Tante war als Journalistin viele Jahre kreuz und quer durch die Welt gereist. Dann hatte sie sich in einen Italiener verliebt und wohnte mit ihm seit einiger Zeit in Venedig. Reiselustig war sie jedoch immer noch.

Marie wählte die Nummer ihrer Tante und stellte ihr Handy auf laut, damit Kim und Franzi mithören konnten. Gebannt warteten sie.

Tut, tut, tut! Nach dem dritten Freizeichen schaltete sich der automatische Anrufbeantworter ein.

»Buon giorno!« Tante Florentine teilte mit ihrer freundlichen Stimme auf Italienisch mit, dass sie und Michele gerade nicht zu Hause seien, sich aber über eine Nachricht freuen würden. *»Ciao!«*

»Ich bin's, Marie. Bitte ruf mich zurück auf meinem Handy. Es ist dringend. Du musst bei unserer Kreuzfahrt mitfahren!« Marie legte auf. »Hoffentlich meldet sie sich bald!«

Tränen im Frühling

Am Karfreitag schien die Sonne. Die Vögel zwitscherten, es duftete nach frischem grünem Gras und die Bäume am Straßenrand standen in voller Blüte. Der Frühling, auf den Kim so lange gewartet hatte, war endlich da. Doch heute konnte sie sich nicht so richtig darüber freuen. Auf dem Weg zum Schillerpark hatte sie ein komisches Gefühl im Bauch. Gleich würde sie Michi treffen. Vorgestern hatte sie mit ihrem Freund telefoniert und ihm begeistert erzählt, dass die drei !!! am Ostersonntag auf Kreuzfahrt gehen würden. Tante Florentine hatte zugesagt und die Eltern von Kim, Franzi und Marie waren auch einverstanden. Schon unglaublich, dass alles so glattgelaufen war!

Michi hatte auf die tolle Neuigkeit kaum reagiert. Überhaupt war er am Telefon sehr seltsam gewesen. Er hätte Kim auch schon anrufen und sich mit ihr treffen wollen, weil er über Ostern zu Hause war. Natürlich hatte Kim sofort nachgehakt, ob etwas nicht stimmte. Michi hatte ihr keine richtige Antwort auf die Frage gegeben. Er hatte sehr ernst gewirkt.

Kim versuchte die beunruhigenden Gedanken abzuschütteln. Vielleicht wollte Michi einfach nur in Ruhe mit ihr darüber reden, wie sie besser damit klarkamen, dass sie in zwei verschiedenen Städten wohnten. Gemeinsam würden sie das Problem bestimmt lösen. Das hatte doch bisher auch immer gut geklappt.

Kim beschleunigte ihre Schritte. Als sie durch das Tor des

Schillerparks trat, sah sie Michi vor einem Beet mit Frühlingsblumen stehen. Lila Krokusse und gelbe Narzissen bildeten einen wunderschönen farbigen Teppich. Michi trug den grünen Pulli, den Kim so sehr an ihm mochte. Wie er so dastand, den Blick auf einen unsichtbaren Punkt in der Ferne gerichtet, wirkte er wie eine Figur auf einem alten Gemälde.

»Hallo, Michi!« Kim winkte und lief auf ihren Freund zu.

Michi kam ihr langsam entgegen. Er lächelte, aber seine Augen blieben dabei dunkel und ernst. »Hallo«, sagte er leise.

Kims Herz zog sich zusammen. »Hey, was ist los?«, fragte sie. »Die Sonne scheint und du freust dich gar nicht?«

»Doch, schon.« Michi blieb zögernd stehen. Sonst umarmten sie sich immer, aber diesmal nicht. Heute war alles anders. »Komm, lass uns ein bisschen im Park spazieren gehen«, schlug Michi vor.

Sie liefen den Hauptweg entlang. Nur wenige Leute waren unterwegs. Kim sah unsicher zu Michi hinüber. Ihr Freund hatte den Kopf gesenkt und starrte auf den Weg. Er ging direkt neben ihr, aber gleichzeitig schien er weit weg zu sein. Plötzlich wurde Kim kalt, obwohl die Sonne so schön warm vom hellblauen Himmel schien.

»Du wolltest doch mit mir reden?«, begann sie zögernd das Gespräch.

Michi nickte. »Ja. Ich weiß nicht, wie ich anfangen soll … also … in den letzten Monaten, da ist so viel passiert. Ich bin weggezogen … die tausend Dinge, um die ich mich jetzt kümmern muss, jeden Tag viel lernen und so … Und du hast auch ganz schön viel um die Ohren: die Schule, den Detektivclub, deine Schreibworkshops … Früher war das kein Problem, aber jetzt, wo wir in zwei verschiedenen Städten leben, merke ich, dass … Also weil wir uns auch nur noch selten sehen können …«

Mit jedem Wort von Michi wurde Kim unruhiger. »Jetzt sag doch endlich, was los ist!«

Michi holte tief Luft. »Ich merke, dass wir kaum noch was miteinander teilen können. Schwimmen, Eis essen gehen, Rad fahren und so – das müssen wir jetzt alles wochenlang vorher planen. Am Anfang hab ich gedacht, das spielt keine Rolle, aber das stimmt nicht. Ich kriege auch kaum noch mit, was bei dir so passiert. Und dir geht es umgekehrt wahrscheinlich ganz ähnlich. Bestimmt gibt es auch bei dir Tage, an denen du so viel erlebst, dass du gar nicht an mich denkst …«

»Das stimmt nicht, ich denke jeden Tag an dich!«, unterbrach Kim ihn hastig. »Bitte sag so was nicht! Ich weiß, es ist wirklich nicht leicht gerade. Aber wir kriegen das schon noch besser hin, wir schaffen das! Wir müssen es nur wollen.«

Michi schüttelte langsam den Kopf und lief unbeirrt weiter. »Manchmal reicht es leider nicht, wenn man etwas unbedingt will. Manchmal muss man sich eingestehen, dass es besser ist, wenn man der Wahrheit ins Auge sieht.«

Kim wollte der Wahrheit aber nicht ins Auge sehen! Was meinte Michi überhaupt damit? Er redete heute so anders als sonst, so furchtbar distanziert und erwachsen. Er machte ihr Angst.

Endlich blieb Michi stehen und sah Kim an. Der unglaublich traurige Blick aus seinen Augen traf sie mitten ins Herz.

»Es kann so nicht weitergehen, Kim. Ich glaube, es ist besser, wenn wir Schluss machen.«

Schluss machen!

Die Worte schwebten zwischen ihnen in der milden Frühlingsluft. Kims Verstand, jede einzelne Zelle in ihrem Körper wehrte sich dagegen. Michi hatte diese schrecklichen Worte nicht ausgesprochen. Das musste ein Albtraum sein, gleich würde sie aufwachen.

»Es tut mir so leid, Kim.« Michis Stimme wurde immer leiser. »Ich hab nicht gewollt, dass es so weit kommt, aber ich kann es nicht ändern.«

Es war kein Albtraum. Michi hatte gerade Schluss mit ihr gemacht! Die Vögel zwitscherten fröhlich weiter, die Blumen blühten noch genauso farbenfroh wie vorher, aber Kim sah und hörte das alles nur noch durch eine Wand. Eine Wand, die sie vom Leben und all der Freude darin abschirmte.

»Aber … warum hast du nicht schon früher mit mir geredet?« Kim sah Michi flehend an. »Du kannst doch nicht einfach so plötzlich Schluss machen! Bitte gib uns noch eine Chance! Lass es uns wenigstens versuchen.«

Michi wich ihrem Blick aus. »Ich fürchte, das hat keinen Sinn. Es würde alles nur noch schlimmer werden.«

»Noch schlimmer?« Kim kämpfte gegen die Tränen an. »Nein, schlimmer als jetzt kann es nicht mehr werden!«

»Es tut mir so leid«, wiederholte Michi und wollte ihre Hand nehmen. »Meinst du, wir könnten Freunde bleiben?«

Das war zu viel. Kim zuckte zurück. »Lass mich! Ich will nicht irgendeine Freundin von dir sein. Ich will mit dir zu-

sammen sein!« Sie wandte sich ab, damit Michi ihre Tränen nicht sah.
»Kim …«
Mit letzter Kraft murmelte sie: »Tschüss!« Dann drehte sie sich um und rannte davon.

Wie im Traum lief Kim nach Hause. Ihre Beine fanden den Weg von alleine, denn sie war wie betäubt und sah vor lauter Tränen alles verschwommen.
Mit zitternden Händen sperrte sie die Haustür auf. »Mama? Papa? Seid ihr da?«
Niemand antwortete. Ihre Stimme verhallte im leeren Flur. Um diese Zeit klapperte Papa sonst immer mit den Töpfen in der Küche und die Zwillinge rannten mit Indianergebrüll quer durchs Haus. Heute war Kim ganz alleine.
Schluchzend rannte sie die Treppe in den ersten Stock hoch, stürzte in ihr Zimmer und warf sich aufs Bett. Wie sollte sie das bloß aushalten? Dauernd hörte sie Michi sagen: »Ich glaube, es ist besser, wenn wir Schluss machen.« Dauernd sah sie seinen ernsten, traurigen Abschiedsblick.
Das Handy! Sie musste Franzi anrufen. »Bitte, geh endlich ran!«, flüsterte sie. Doch statt der lieben Stimme ihrer Freundin hörte sie nur die Mailbox-Ansage. Kim hatte keine Energie, um eine Nachricht zu hinterlassen. Als Nächstes probierte sie es bei Marie, aber auch die war nicht erreichbar.
»Wo seid ihr denn? Ich brauche euch!«
Kim konnte nicht auf dem Bett herumliegen. Sie musste etwas tun, jetzt sofort! Kim startete ihren Computer und öffnete die Geheimdatei, ihr Tagebuch. Der weiße Bildschirm

leuchtete ihr teilnahmslos entgegen. Sie legte die Finger auf die Tasten, aber dann wusste sie nicht mehr weiter. Was sollte sie bloß schreiben?
Kim musste schon wieder weinen. Sie gab es auf, fuhr den Computer wieder runter und lief ruhelos im Zimmer hin und her. Irgendwann hörte sie, wie unten die Haustür aufging.
»Bin wieder da!«, rief Frau Jülich fröhlich. »Schöne Grüße von Petra!«
Kim fiel ein, dass ihre Mutter vom Treffen mit einer Freundin gesprochen hatte. Jetzt war sie endlich zu Hause.
»Mama!« Kim rannte aus ihrem Zimmer.
Auf halber Treppe kam Frau Jülich ihr entgegen. »Ist was passiert, mein Schatz?«
Kim fiel ihrer Mutter um den Hals. Sie konnte nicht reden, weil sie von einem neuen Weinanfall geschüttelt wurde.
Brigitte Jülich strich ihr sanft übers Haar. »Ich bin ja da, Kim, ich bin bei dir.«
Endlich war sie nicht mehr allein. Kim weinte so lange, bis ihr Körper nicht mehr zitterte und die Tränen langsam weniger wurden. Ihre Mutter versorgte sie mit Taschentüchern, legte den Arm um sie und führte sie behutsam ins Wohnzimmer. Dort setzten sie sich nebeneinander aufs Sofa.
»Möchtest du mir jetzt erzählen, was passiert ist?«, fragte Frau Jülich leise.
Kim lehnte sich gegen die Schulter ihrer Mutter. »Michi hat … Schluss gemacht!«
»Mein armer Schatz!«, sagte Frau Jülich mitfühlend. »Liebeskummer ist ganz furchtbar. Wenn ich ihn dir nur abnehmen

könnte! Bitte glaub mir: Mit der Zeit wird der Kummer weniger werden, auch wenn du dir das jetzt wahrscheinlich noch nicht vorstellen kannst.«
Kim schmiegte sich noch enger an die Schulter ihrer Mutter. Es tat so gut, ihre Wärme zu spüren und die tröstenden Worte zu hören.
»Huhuuuu! Will hier jemand Rote Bete?«
»Frische Rote Bete vom Markt?«
Ben und Lukas stürmten zusammen mit Herrn Jülich in den Flur und trampelten mit ihren dreckigen Schuhen ins Wohnzimmer.
Herr Jülich hatte eine große Einkaufskiste unter dem Arm und verkündete stolz: »Ostern ist gesichert. Die Rote Bete reicht locker für alle unsere Ostereier und die von unseren Nachbarn.« Erst jetzt bemerkte er Kims verheultes Gesicht. »Oh! Was ist los?«, fragte er besorgt.
Kim begann wieder zu weinen. Frau Jülich erklärte ihrem Mann, was geschehen war.
Herr Jülich stellte die Einkaufskiste auf dem Boden ab, lief zu Kim hin und strich ihr über die Wange. »Das ist ja schrecklich! Mein armes, großes Mädchen!«
»Danke, Papa«, nuschelte Kim.
Ben und Lukas starrten ihre Schwester ungläubig an. Dann rief Ben entrüstet: »Mann, ist das blöd! Jetzt kommt Michi uns ja gar nicht mehr besuchen.«
Lukas stimmte seinem Bruder zu: »Das ist echt ätzend! Wer zeigt uns jetzt an Silvester neue Tricks fürs Feuerwerk? Und wer hilft uns bei den Computerspielen?«
Herr Jülich nahm seine Söhne beiseite. »Hört mir mal gut

zu, ihr zwei! Hier geht es nicht um euch. Kim ist sehr traurig und es geht ihr wirklich schlecht. Bitte nehmt Rücksicht auf eure Schwester und seid nett zu ihr.«

Kim seufzte. »Nett« war an mindestens 300 Tagen im Jahr ein Fremdwort für Ben und Lukas. An den übrigen 65 Tagen schafften sie es, Kim ausnahmsweise nicht mit »Planschkuh« anzureden. Und wenn sie besonders freundlich waren, wollten sie meistens etwas damit erreichen, zum Beispiel dass Kim ihnen bei den Mathehausaufgaben half.

Nach der klaren Ansage ihres Vaters steckten Ben und Lukas die Köpfe zusammen und tuschelten. Anschließend verschwanden sie kichernd und liefen nach oben in ihr Zimmer.

Herr Jülich setzte sich zu Kim und seiner Frau aufs Sofa. »Wenn ich dir irgendwas Gutes tun kann, Kim … Sag, wenn du etwas brauchst, ja?«

»Du kannst jederzeit zu uns kommen, wenn du reden möchtest«, versicherte Frau Jülich. »Wir sind …«

Der Rest ihres Satzes ging im lauten Poltern auf der Treppe unter. Die Zwillinge waren schon wieder im Anmarsch. Grinsend erschienen sie im Wohnzimmer. Lukas schleppte einen riesigen Schoko-Osterhasen an.

Herr Jülich runzelte misstrauisch die Stirn. »Wo habt ihr denn den her?«

»Von Tante Steffi«, antwortete Ben freimütig. »Das Paket kam doch gestern. Wir haben es aufgemacht, weil wir nicht gewusst haben, dass es erst für Ostern ist.«

»Soso …«, sagte Frau Jülich. »Das habt ihr also wirklich nicht gewusst? Obwohl ich das Paket extra in der Speisekammer versteckt habe?«

Die Zwillinge gingen nicht darauf ein. Lukas drückte Kim den Schoko-Osterhasen in die Hände. »Den schenken wir dir. Du magst doch Schokolade so gern.«
Ben nickte eifrig. »Du kannst ihn gerade besser gebrauchen als wir. Schokolade hilft. Mir hat sie jedenfalls geholfen, als ich mir das letzte Mal beim Fußballtraining das Knie aufgeschürft hab.«
Damit hatte Kim nicht gerechnet! Sprachlos betrachtete sie den Osterhasen. Er hatte ein Auge halb geschlossen und schien ihr damit zuzuzwinkern. »Ihr seid, ihr seid echt …«
»… die besten, tollsten Brüder auf der ganzen Welt!«, half Lukas ihr auf die Sprünge.
Dem konnte Kim schlecht widersprechen. »Danke!« Sie blickte in die Runde und fing lauter liebevolle Blicke auf. Ihre Familie war einfach großartig!
»Ach, und noch was«, fiel Ben ein. »Sollen wir Michi aus deinem Handy löschen? Seine Telefonnummern, die Mail-Adresse, einfach alles? Das wär echt kein Problem!«
Kim wehrte ab. »Nein danke! Darum kümmere ich mich lieber selbst.«
Ihre Brüder stellten sich das so einfach vor. Sie dachten wahrscheinlich, dass sie Michi damit aus ihrem Herzen löschen könnten! Aber so funktionierte das leider nicht. Sie würde trotzdem jeden Tag an ihn denken.
Für einen kurzen Augenblick war Kim abgelenkt gewesen, aber jetzt kehrte der Liebeskummer mit voller Wucht zurück. Da klingelte ihr Handy.
Marie war dran. »Ich hab deine Nummer gesehen. Entschuldige, dass ich mich nicht gleich gemeldet habe, ich war beim

Yoga. Was gibt's denn? Hat Fabian sich noch mal wegen der Kreuzfahrt bei dir gemeldet?«

Die Kreuzfahrt hatte Kim völlig vergessen. Allein beim Gedanken daran sträubte sich alles in ihr. Sie konnte jetzt nicht verreisen. Sie hatte nur einen Wunsch: sich für den Rest der Osterferien ins Bett legen und die Decke über den Kopf ziehen.

»Nein, Fabian hat sich nicht gemeldet«, sagte Kim. »Wir haben doch schon alles besprochen. Marie? Ihr könnt ohne mich auf Kreuzfahrt gehen. Ich komme nicht mit!«

Marie fiel aus allen Wolken. »Was???«

Willkommen an Bord!

»Wir befinden uns nun im Landeanflug auf Istanbul«, ertönte eine freundliche Frauenstimme aus dem Lautsprecher. »Bitte klappen Sie die Tische hoch, stellen Sie Ihre Sitze aufrecht und schnallen Sie sich an. Vielen Dank!«
Kim, die einen Fensterplatz hatte, drückte ihre Nase gegen die Scheibe. Unter ihr breitete sich im Schein der Morgensonne ein Häusermeer aus, das von der breiten Wasserstraße des Bosporus geteilt wurde. Weiße Brücken spannten sich wie Gummibänder von einem Stadtteil zum anderen. Auf der glitzernden Wasseroberfläche fuhren Schiffe, die von oben wie Spielzeug aussahen.
»Ist das schön!«, rief Kim beeindruckt. »Ich glaube, Istanbul ist eine richtig tolle Stadt.«
Marie beugte sich von der Mitte herüber, um ebenfalls die Aussicht zu genießen. »Und das wolltest du dir alles entgehen lassen! Kaum zu fassen.«
»Zum Glück haben wir das gerade noch rechtzeitig verhindert«, meldete Franzi sich zu Wort. »Das Krisentreffen im Hauptquartier hat sich gelohnt. Auch wenn es ein hartes Stück Arbeit war, sich gegen deinen Dickkopf durchzusetzen.«
Kim musste lächeln. »Ich bin euch wirklich dankbar. Mir ist klar geworden, dass eine Kreuzfahrt das Beste ist, was mir gerade passieren kann. Ich bin weit, weit weg von zu Hause. Dort würde ich garantiert an jeder Ecke an Michi denken.«
»Ganz genau.« Marie zog schnell mithilfe ihres Taschenspie-

gels den neuen, pinkfarbenen Lippenstift nach. »Die vielen neuen Eindrücke und der Videoclip-Dreh werden dich auf andere Gedanken bringen. Hast du die neue Kamera auch wirklich eingesteckt?«

Kim nickte. »Klar, hab ich.« Ihr Vater hatte ihr für die Reise extra eine Digitalkamera geschenkt.

Alle waren so lieb zu ihr. Trotzdem konnte Kim nicht verhindern, dass sie schon wieder an Michi denken musste.

»Soll ich euch mal erzählen, was es alles Tolles auf unserem Schiff gibt?« Marie riss Kim aus ihren Gedanken, indem sie ihr einen farbigen Reiseprospekt der Reederei unter die Nase hielt. »Wir können in drei verschiedene Restaurants gehen, es gibt zwei Swimmingpools, eine Bibliothek, ein Shopping- und ein Wellness-Center! Einen Kinder- und Jugendclub haben sie auch. Das Sport- und Freizeitprogramm dort klingt richtig gut. Das sollten wir auf jeden Fall nutzen. Und ich will unterwegs überall an Land gehen: auf Mykonos und Santorini, in Argostoli und Dubrovnik.«

Franzi nahm Marie den Prospekt aus der Hand und blätterte ihn durch. »Klingt echt super. Wir müssen übrigens unbedingt Karten für die Luftakrobatik-Show reservieren! Ich kann's kaum erwarten, *Ilias & Ikaros* endlich live zu sehen.«

»Wer ist das denn?«, erkundigte sich Kim. Sie hatte vor der Reise weder Zeit noch Lust gehabt, sich über das Show-Programm an Bord zu informieren.

Franzi klärte Kim auf. »Ilias und Ikaros sind zwei berühmte junge Trapezkünstler aus Griechenland. Ich hab mir die Videos der beiden schon oft im Internet angesehen, die sind der absolute Hammer.«

Die Begeisterung ihrer Freundinnen war ansteckend. Kim nahm sich fest vor, die Kreuzfahrt zu genießen. Diese schöne Reise würde sie sich wegen Michi nicht verderben lassen!
»Die Räder sind schon ausgefahren, wir landen gleich«, rief Marie aufgeregt.
Kim legte ihre Hände auf die Armlehnen. Mit einem kleinen Ruck setzte der Flieger sanft am Boden auf. Kim spürte ein angenehmes Kribbeln im Bauch: Sie waren in Istanbul!
Kurz darauf betraten die drei !!! zum ersten Mal türkischen Boden. Istanbul begrüßte sie am späten Vormittag mit herrlichem Sonnenschein. Es war hier viel wärmer als in Deutschland. Der Busfahrer, der sie auf dem Rollfeld erwartete, trug T-Shirt und Sonnenbrille. Nach einer kurzen Fahrt erreichten sie die Ankunftshalle, holten ihre Koffer vom Rollband und liefen aufgeregt durch die Zollschranke. Hinter der Glaswand der Absperrung stand Tante Florentine, die bereits gestern angereist war, und winkte. Lachend fielen sie sich in die Arme.
»Hallo, meine Mädchen!«, sagte Maries Tante. »Ich freu mich schon so auf unsere Reise! Hat alles gut geklappt? Prima! Kommt, wir nehmen uns ein Taxi!«
Durch die getönten Scheiben des Großraumtaxis sah Kim moderne Hotels und Hochhäuser, auf der anderen Seite der Straße glitzerte die Wasseroberfläche des Marmarameeres. Je weiter sie ins Zentrum kamen, umso dichter wurde der Verkehr. Bald tauchten zwischen den Häusern die Kuppeln von Moscheen auf. Dann erreichten sie neben einer Brücke die Anlegestelle für Kreuzfahrtschiffe.
Der Taxifahrer ließ sie auf einem Parkplatz raus. Von dort

waren es nur fünf Minuten zu Fuß bis zu ihrem Schiff. Kim kam sich winzig vor, als sie vor dem riesigen weißen Schiffsrumpf stand.
Franzi legte den Kopf in den Nacken. »Das ist echt cool! Ich bin so gespannt, wo unsere Kabine liegt.«
»Das werden wir bestimmt gleich erfahren«, sagte Tante Florentine. »Da drüben sehe ich die Crew.«
Neben einem langen Klapptisch mit drei Reihen von Gläsern stand eine Stewardess.
»Herzlich willkommen! Dürfen wir Ihnen einen Cocktail aus frisch gepressten Säften anbieten?«
Das durfte sie gerne. Voller Vorfreude auf die Reise stießen sie miteinander an. Kim fuhr sich mit der Zunge über die Lippen. »Mmh! Der ist aber echt lecker.«
Ein Fotograf trat an sie heran. »Möchten Sie vielleicht ein Foto zur Erinnerung? Wenn Sie damit einverstanden sind, fotografiere ich Sie. Den Abzug können Sie sich später kostenlos in meinem Fotostudio an Bord abholen.«
»Oh ja, ein Erinnerungsfoto!« Marie hakte sich bei Kim und Franzi ein, und Tante Florentine stellte sich hinter die Freundinnen.
Und dann war der große Augenblick gekommen: Sie reihten sich in die Schlange der Passagiere ein und betraten das Kreuzfahrtschiff!
Innen fand Kim es fast noch beeindruckender als außen. Die Empfangshalle war superelegant mit viel Marmor, Spiegeln und einem riesigen Kronleuchter an der Decke. An der Rezeption hatte das Service-Team alle Hände voll zu tun, um die neu eingetroffenen Passagiere einzuchecken.

Kim durfte die Bordkarte für die Kabine der drei !!! entgegennehmen. Es war eine weiße Chipkarte in einem Papierheftchen, auf dem die Kabinennummer stand. Die Karte diente gleichzeitig als Türschlüssel. Ein Steward nahm ihnen die Koffer ab und lud sie auf einen Rollwagen.

»Vielen Dank!«, sagte Tante Florentine. »Sehr nett von Ihnen.«

Plötzlich hörten sie eine aufgebrachte Männerstimme. »Nein, dafür habe ich kein Verständnis! Wie konnte so etwas bloß passieren?«

Kim reckte den Kopf. Rechts neben ihnen stand ein Ehepaar mit sehr viel Gepäck. Beide waren etwa Mitte fünfzig. Der Mann hatte einen karierten Anzug an. Die Jacke spannte über seinem Wohlfühlbauch. Seine schlanke Frau trug ein dunkelblaues Marinekleid.

»Entschuldigen Sie bitte vielmals, Herr Gesche!«, sagte die Chef-Stewardess. »Wir hatten leider eine Fehlbuchung. Aus Versehen wurde Ihnen deshalb eine Innen- statt einer Außenkabine zugeteilt.«

Herr Gesche trommelte mit den Fingern auf den Tresen. »Das geht nicht! Wir haben eine Außenkabine reserviert und auch Anspruch darauf!«

Die Chef-Stewardess blieb ganz ruhig. »Selbstverständlich, Herr Gesche. Ich denke, wir können das Problem lösen. Warten Sie bitte kurz …« Sie überflog eine Liste. »Ja, ich glaube, ich habe da eine Idee. Ein anderer Passagier wird mit Ihnen tauschen. Hier ist der Schlüssel zu Ihrer neuen Außenkabine. Wir wünschen Ihnen einen schönen Aufenthalt an Bord!«

Erst war Herr Gesche verblüfft, dann nahm er die Chipkarte grummelnd entgegen, ohne sich dafür zu bedanken. »Ach ja, bringen Sie uns einen großen Obstteller auf die Kabine, aber keine Ananas, die mag ich nicht. Dann hätte ich gerne noch Pralinen mit weißer Schokolade. Und eine Flasche Mineralwasser, ohne Kohlensäure und bloß nicht aus dem Kühlschrank, sonst bekommt mein Magen einen Kälteschock.«
»Werner, bitte!« Seiner Frau waren die Extrawünsche sichtlich peinlich.
Kim verdrehte die Augen. Dieser Herr Gesche war wirklich unmöglich.
»Da ist ja Nick!«, rief plötzlich Marie.
Der Sänger der *Boyzzzz* kam Hand in Hand mit seiner Frau Eva auf die drei !!! zu. Das Paar wurde von Regisseur Fabian begleitet.
»Hi! Ist das schön, euch zu sehen!«, rief Nick.
Es gab ein großes Hallo. Marie stellte Tante Florentine vor, Eva verteilte Wangenküsschen und dann redeten und lachten alle drauflos.
Verärgert drehte Herr Gesche sich um. »Könnten Sie vielleicht Rücksicht nehmen und ein *bisschen* leiser sein?«
Frau Gesche lächelte verlegen. »Lass die jungen Leute doch in Ruhe, Werner! Sie sind gut gelaunt und haben dir nichts getan.«
Es entstand eine peinliche Pause, bis Nick Voss grinste und einfach weiterredete.
Kim seufzte innerlich. Herr Gesche gehörte offensichtlich zu der Sorte von Leuten, die anderen die gute Laune vermiesen wollten.

Ein Steward kümmerte sich um das Gepäck der Gesches und stöhnte leise, als er einen großen Koffer anhob. Nachdem er ihn erfolgreich auf den Rollwagen gewuchtet hatte, wollte er nach einer langen, unförmigen Segeltuchtasche greifen.
»Stopp! Die Tasche trage ich selbst!«, pfiff Herr Gesche ihn zurück.
»Sehr gerne.« Der Steward ließ die Tasche erleichtert los.
Endlich brachen die Gesches auf. Ein zierliches junges Pärchen schlüpfte lachend an ihnen vorbei.
Franzi riss den Kopf herum. »Das sind Ilias und Ikaros! Bitte, kann ich ein Autogramm haben? *Can I have an autograph, please?*«
Die Artisten blieben stehen.
»Natürlich«, sagte Ilias. Sie hatte ihre schwarzen Haare zu einem Pferdeschwanz zurückgebunden und war sehr hübsch. »Wie heißt du?« Sie sprach fließend Deutsch.
Ihr Partner Ikaros suchte in seiner Jackentasche. »Ich hatte doch vorhin Autogrammkarten eingesteckt. Wo seid ihr denn?« Er fischte eine kleine schwarze Box heraus. »Nein, das sind sie nicht, aber das hier ist auch nicht schlecht. Seht mal!« Er drehte an einer Kurbel an der Seite der Box. Plötzlich sprang ein roter Teufel aus der Box.
Zuerst zuckten alle zurück. Dann musste Kim grinsen. Die Artisten waren witzig.
»Hör auf damit, wir haben keine Zeit für so was, Ikaros!« Ilias hakte sich bei ihrem Partner unter und die beiden rannten kichernd davon.
Franzi blieb enttäuscht zurück. »Und was ist jetzt mit meinem Autogramm? Das haben sie glatt vergessen.«

Tante Florentine tröstete sie: »Wir können uns morgen nach der Show Autogramme holen. Ich reserviere gleich mal Karten für uns, einverstanden?«

Kurz darauf bezogen die drei !!! ihre Außenkabine. Sie lag im hinteren Teil des Schiffes in der Nähe des Hecks.
Marie begutachtete die Einrichtung. Es gab zwei Betten, ein zusätzliches Schlafsofa und einen schmalen, hohen Kleiderschrank. Die Wände waren in einem warmen Orangeton gestrichen. Das angrenzende, winzige Bad hatte hübsche hellblaue Kacheln mit Muscheln und Seesternen.
»Nicht gerade groß und ganz schön eng, unser schwimmendes Zuhause, aber sehr gemütlich!«, stellte Marie zufrieden fest, öffnete ihren roten Rollkoffer und begann auszupacken.
»Mir gefällt es total gut hier.« Franzi hielt ihr Handy in die Höhe. »Ich muss gleich mal ein Foto von unserer Kabine machen und es Blake schicken.«
Blake hatte den drei !!! bei einem kniffligen Fall geholfen. Franzi und er lieferten sich regelmäßig Wettrennen: Franzi auf ihren Inline-Skates und Blake in seinem Sportrollstuhl mit den leuchtend roten Rädern.
»Ihr schickt euch ja ziemlich oft Nachrichten und Fotos«, zog Marie Franzi auf. »Was schreibt Blake denn eigentlich so?«
Franzi grinste nur. »Das würde dich brennend interessieren, was? Ich verrate es dir aber nicht!«
Kim hörte ihren Freundinnen zu und ließ sich aufs Schlafsofa fallen. Auf einmal bekam sie ein flaues Gefühl im Magen. Sieben lange Nächte sollte sie also in dieser engen

Kabine verbringen? Sie kämpfte schon länger dagegen an, aber in kleinen, geschlossenen Räumen fühlte sie sich einfach nach wie vor nicht wohl. Da spürte sie immer so einen unangenehmen Druck auf der Brust und bekam leicht Panik. Kim atmete tief durch. Ach was! Es gab keinen Grund, nervös zu werden. Die meiste Zeit würden sie ja ohnehin an Deck an der frischen Luft verbringen.

Rumms!, machte es plötzlich von oben. Ein dumpfes, lautes Poltern.

Die drei !!! erschraken.

»Was war das denn?«, flüsterte Franzi.

Kim zeigte hinauf zur Decke. »Keine Ahnung. Das kam, glaube ich, aus der Kabine direkt über uns.«

Sie lauschten angestrengt. Das Poltern hatte aufgehört, aber jetzt ertönte auf einmal ein lautes, schrilles Lachen. Das Lachen wurde von einem spitzen Schrei abgelöst, der abrupt abbrach. Danach herrschte Stille.

Kim bekam Gänsehaut auf den Armen. Was war da oben los? Wollte sie es wissen oder wollte sie es lieber nicht wissen?

Rettung in der Nacht

»Na, wie sehe ich aus?« Marie legte den Kopf schräg und drehte sich einmal um die eigene Achse.
»Sehr hübsch!«, sagte Kim.
Franzi war noch damit beschäftigt, die Enden ihres Kopftuchs im Nacken zu verknoten. Tante Florentine und Eva halfen sich gegenseitig. Lili und Nora, die Backgroundsängerinnen der *Boyzzzz*, alberten die ganze Zeit herum und brauchten am längsten. Aber schließlich trugen alle Mädchen und Frauen die hellblauen Kopftücher, die man sich im Innenhof der Sultan-Ahmed-Moschee ausleihen konnte.
David trat ungeduldig von einem Fuß auf den anderen. »Seid ihr dann endlich so weit?«
Der Gitarrist der Band, Bassist Bobby und Schlagzeuger Joe hatten sich am Nachmittag den drei !!! und Tante Florentine angeschlossen. Auch sie wollten sich die berühmte Sehenswürdigkeit Istanbuls nicht entgehen lassen.
Gemeinsam gingen sie zum Eingang, zogen ihre Schuhe aus und betraten das Innere der Moschee. Ein quadratischer, hoher Gebetsraum empfing sie, der mit roten Teppichen ausgelegt war.
Kim bewunderte die blauen Fenster und unzähligen blauweißen Fliesen in der Kuppel und den oberen Teilen der Mauern. »Jetzt weiß ich, warum die Sultan-Ahmed-Moschee meistens Blaue Moschee genannt wird.«
Der Gebetsraum war wirklich besonders schön. Sie gingen langsam herum, entdeckten immer wieder neue Pflanzen-

motive auf den Kacheln und ließen sich Zeit, alles ausgiebig zu betrachten. Als sie schließlich ins Freie traten, brauchten sie eine Weile, bis sie sich wieder an den Trubel der Stadt gewöhnten.

»Wollen wir noch in ein Café gehen?«, schlug Bobby vor.

Eva nickte. »Super Idee! Ich möchte endlich einen türkischen Mokka trinken. Der soll zwar sehr stark sein, aber das riskiere ich.«

Sie fanden in der Nähe der Blauen Moschee ein nettes Lokal. Die Bedienung rückte zwei Tische zusammen, damit alle Platz hatten.

»Ich lade euch alle ein!«, verkündete David. Er bestellte türkischen Mokka, Cola, Sandwiches und jede Menge Baklava, ein süßes Gebäck aus Blätterteig, das mit gehackten Walnüssen und Pistazien gefüllt war.

»Das ist aber nett von Ihnen!«, sagte Tante Florentine.

Auch die anderen freuten sich, nur Nick runzelte die Stirn. »Sehr großzügig von dir, David, aber ich bezahle trotzdem lieber selbst.«

»Das musst du nicht.« David lehnte sich lässig zurück und klopfte auf seine ausgebeulte Hosentasche, in der sich offenbar sein Geldbeutel befand.

»Ich will aber«, sagte Nick gereizt.

Das Gespräch der beiden wurde unterbrochen, weil die Bedienung die Speisen und Getränke brachte. Kim ließ die Sandwiches links liegen und konzentrierte sich auf die Baklavas. Sie schmeckten himmlisch. Der feine, buttrige Blätterteig zerging auf der Zunge.

Nick und David nahmen ihr Gespräch wieder auf. David

versuchte noch einmal, Nick zu überzeugen, doch der blieb dabei, dass er selbst bezahlen wollte.

Plötzlich wurde David laut. »Was soll das, Nick? Ist dir meine Einladung nicht gut genug? Musst du dich dauernd in den Vordergrund spielen? Das tust du doch sowieso schon die ganze Zeit!«

Nicks Augen verengten sich. »Pass auf, was du sagst!«

»Ich sag, was ich will!« David sprang auf und geriet so in Fahrt, dass die anderen Gäste sich erstaunt umdrehten.

Kim wechselte einen besorgten Blick mit Franzi und Marie. David konnte manchmal sehr aufbrausend und eifersüchtig sein. Daran hatte sich anscheinend nichts geändert. Er und Nick hatten sich auch früher schon häufig gestritten.

»Setz dich, David! Der Tag ist viel zu schön zum Streiten.« Bassist Bobby versuchte die Wogen zu glätten.

David nahm wieder Platz auf seinem Stuhl, aber der Blick, den er Nick dabei zuwarf, sprühte Funken von unterdrückter Wut.

Kim machte sich Sorgen. Das konnte ja heiter werden beim Videclip-Dreh!

Nach dem Abendessen ließen sich die drei !!! an Deck den frischen Wind um die Nase wehen. Das Kreuzfahrtschiff lag noch am Kai vor Anker. Die Lichter von Istanbul leuchteten wie tausend Glühwürmchen in der Nacht.

Kim rieb sich stöhnend den Bauch. »Erst die Baklavas heute Nachmittag und jetzt noch das üppige Dinner an Bord. Wenn das so weitergeht, passe ich bald in keine Jeans mehr rein.«

»So ein Quatsch!«, sagte Franzi. »Du siehst toll aus.«
»Und außerdem kannst du dir jederzeit eine neue Jeans kaufen«, fügte Marie hinzu. »Das Shopping-Center hat eine super Auswahl!«
Kim musste lachen. »Was du natürlich schon wieder herausgefunden hast.« Sie lehnte sich gegen die Reling. Der erste Tag war toll gewesen. Die aufregende Kreuzfahrt lag noch vor ihnen. Alles war perfekt, und trotzdem wurde Kim schon wieder traurig. Heute war sie dreimal kurz davor gewesen, Michi eine begeisterte SMS zu schicken. Das hatte sie sonst immer gemacht, wenn sie im Urlaub gewesen war. In Zukunft würde sie das nie wieder tun können. Die Vorstellung versetzte ihr einen Stich ins Herz.
»Habt ihr das auch gesehen?«, fragte Franzi unvermittelt.
Kim zwang sich dazu, in die Gegenwart zurückzukehren. »Nein, was denn?«
»Da drüben, auf dem Deck über uns.« Franzi streckte die Hand aus.
Jetzt entdeckte Kim es auch. Ein schwaches Licht flackerte auf, verschwand wieder und flammte erneut auf.
Marie beugte sich über die Reling. »Hallo? Ist da wer?«
Niemand antwortete.
»Hallo!«, rief Kim energisch.
Wieder keine Antwort.
Das Licht flackerte noch ein paar Mal hintereinander auf, dann wurde es dunkel. Die drei !!! hörten Schritte, die sich hastig entfernten.
»Das war ja unheimlich«, flüsterte Franzi.
Marie nickte langsam. »Ich glaube nicht, dass das Licht von

einer Taschenlampe kam. Es hat so komisch geflackert. Meint ihr, das war ein Geist? Jemand, der hier im Hafen ertrunken ist und keine Ruhe findet?«

Kim schüttelte die unheimliche Stimmung von sich ab. Im Gegensatz zu Marie konnte sie mit esoterischen Dingen wie Gläserrücken, Hexen und Kerzen-Orakeln wenig anfangen.

»Natürlich nicht. Es gibt keine Geister, weder an Land noch auf dem Wasser!«

Franzi grinste. »Das sehe ich auch so. Trotzdem finde ich die Sache merkwürdig. Wo ist das Licht plötzlich hergekommen?«

»Schwer zu sagen«, meinte Marie. »Vielleicht gibt es auch einen ganz einfachen, harmlosen Grund dafür.« Sie unterdrückte ein Gähnen. »Also ich weiß nicht, wie es euch geht, aber ich bin jedenfalls hundemüde.«

»Ich auch«, gestand Franzi. »Lasst uns in die Kabine gehen.«

Kim zögerte. Einerseits war sie auch müde, andererseits wusste sie, dass sie garantiert noch nicht schlafen konnte. »Geht ihr schon mal vor, ich bleib noch ein bisschen hier.«

Franzi und Marie wünschten ihr gute Nacht und verabschiedeten sich.

Als Kim alleine war, zog sie den Reißverschluss ihrer Jacke bis zum Hals hoch. Der Wind hatte aufgefrischt und es war richtig kühl geworden. Kim fror. Wie schön wäre es, wenn Michi jetzt neben ihr stehen und seinen Arm um sie legen würde! Plötzlich hatte Kim solche Sehnsucht nach ihm. Er würde nie mehr den Arm um sie legen und nie mehr an ihrer Seite sein!

Kim schossen Tränen in die Augen. Endlich konnte sie un-

gestört weinen. Aber die Tränen nützten nichts, ihr Herz tat trotzdem weh und ihr Bauch auch. Was hatte ihre Mutter gesagt? Der Liebeskummer würde mit der Zeit weniger werden. Dabei war es genau umgekehrt: Es tat immer mehr weh!
Kim suchte in ihrer Jacke nach einem Papiertaschentuch. Da spürte sie plötzlich einen Luftzug. Es rauschte, dann machte es hinter ihr laut *platsch!*
Kim fuhr herum. Was war das denn gewesen? Ein großer Fisch, der kurz aus dem Wasser in die Luft gesprungen war? Kim konnte in der Finsternis nichts erkennen. So ein Mist! Sie hätte ihre Taschenlampe mitnehmen sollen.
Von unten hörte sie jetzt ein schrilles Lachen. Dann stieß jemand einen spitzen Schrei aus. Kim erschrak. Sie hatte sich getäuscht. Ein Fisch war das ganz bestimmt nicht! Und dieses Lachen und den Schrei hatte sie doch schon mal gehört … Oh nein! Konnte es sein, dass gerade ein Passagier über Bord gegangen war?
Kim sah sich hektisch um und entdeckte an einer Säule neben dem kleinen Café, das nur tagsüber geöffnet hatte, einen Rettungsring. Schnell nahm sie ihn vom Haken, lief zu der Stelle zurück, wo sie unter sich den Schrei gehört hatte, und warf den Rettungsring mit voller Kraft ins Wasser. Das Kreuzfahrtschiff lag zwar noch im Hafen, aber das Wasser war bestimmt eiskalt.
Kim hatte keine Ahnung, ob die verunglückte Person den Rettungsring erwischt hatte. Trotzdem brüllte sie: »Halten Sie sich fest, ich hole Hilfe!« Dann sah sie sich blitzschnell um. Sie musste zur Brücke!
Kim rannte los, suchte die Treppe, die zum nächsten Deck

hochführte, und lief noch ein Stockwerk hoch, bis sie oben auf dem Schiff ankam. Von dort waren es zum Glück nur noch ein paar Meter zur Brücke. Kim klopfte laut gegen die Glastür.

Ein Wachoffizier machte ihr auf. »Was ist passiert?«

»Ich glaube … ein Passagier … ist gerade über Bord … gegangen!«, brachte Kim keuchend hervor.

»Wo genau?«, wollte der Offizier wissen.

Kim beschrieb ihm die Stelle. »Auf Deck C, bei dem kleinen Café.«

»Alles klar.« Der Offizier setzte sich hastig seine Mütze auf und funkte zwei Kollegen und einen Sanitäter an. »Am besten begleitest du mich.« Gemeinsam sprinteten sie los.

Als sie Deck C erreicht hatten, schaltete der Wachoffizier das Flutlicht an. Kim schickte schnell eine SMS an Franzi an Marie: *Kommt sofort zu meinem Standort!*

Sie wusste, dass ihre Detektivkolleginnen sie mit ihren Handys orten konnten und so schnell wie möglich hier sein würden.

Der Wachoffizier hatte den Rettungsring gefunden. »Da hält sich leider niemand dran fest! Aber daneben schwimmt eine Person im Wasser. Scheint bewusstlos zu sein. Los, Leute, wir brauchen ein Rettungsboot!«

Zwei Matrosen stiegen in ein Rettungsboot, das dann zu Wasser gelassen wurde. Kim hörte die Männer keuchen, während sie den Passagier mit vereinten Kräften ins Boot hievten. Die Person schien sehr schwer zu sein.

Franzi und Marie erschienen mit zerzausten Haaren, als das Rettungsboot wieder oben war. Der Sanitäter war inzwi-

schen auch eingetroffen und beugte sich über die Person im Boot.
Die drei !!! stellten sich auf die Zehenspitzen, konnten jedoch nichts sehen, weil sich inzwischen einige neugierige Passagiere versammelt hatten, die durch das Flutlicht und die Geräusche der Rettungsaktion wach geworden waren. Auch Tante Florentine und Frau Gesche erschienen an Deck.
»Können wir irgendwie helfen?«, brach Tante Florentine das angespannte Schweigen.
Der Wachoffizier schüttelte den Kopf. »Nein, danke. Wir können Entwarnung geben! Es ist kein Passagier über Bord gegangen, es war nur eine Puppe.«
»Gott sei Dank!« – »Das sind gute Nachrichten!« Nach dem ersten Schock machte sich allgemeine Erleichterung breit.
Die drei !!! schoben sich durch eine Lücke zwischen den Passagieren. Kim wurde bleich. Die Puppe sah so gruselig echt aus! Auf den nassen Planken des Rettungsbootes lag ein Pirat mit zerfetzten dunklen Hosen und einem rot-weiß gestreiften Hemd. Er hatte einen struppigen Vollbart und nur ein Auge. An der Stelle, wo das linke Auge hätte sein sollen, klaffte ein rundes Loch. Die schwarze Augenklappe war auf die Wange hinuntergerutscht.
»Hihihi … hohoooo … aaah!« Die Piratenpuppe gab ein schrilles Lachen von sich, das nach einer Pause deutlich leiser wurde. Der anschließende heisere Schrei brach röchelnd ab, dann verstummte die Puppe.
Kim erstarrte. Es war dasselbe unheimliche Lachen wie vorhin!
»Jetzt hat die Geräuschfunktion versagt«, bemerkte Marie,

die während der ganzen Aktion überraschend ruhig geblieben war.

»Welche Geräuschfunktion?« Franzi blickte irritiert zwischen der Puppe und Marie hin und her.

Marie grinste. »Lina hat sich zu Halloween eine ähnliche Puppe gekauft: einen zotteligen Zombie, der stöhnen, lachen und röcheln konnte. Ein ziemlich alberner Scherzartikel.«

»Jetzt haben wir aber kein Halloween«, meldete Frau Gesche sich zu Wort. »Wie geschmacklos, so eine Gruselpuppe einfach über Bord zu werfen! Mit so was scherzt man nicht.«

Tante Florentine nickte. »Das finde ich auch. Ich habe mich richtig erschrocken.«

Die anderen Passagiere waren ähnlicher Meinung wie Frau Gesche und redeten aufgeregt durcheinander.

Kim hörte nur mit halbem Ohr zu. Das Lachen und der Schrei gingen ihr nicht aus dem Kopf. In der Kabine über ihnen hatten die drei !!! es auch schon gehört, gleich nachdem es so merkwürdig gerumpelt hatte.

Franzi zückte unauffällig ihr Handy und schoss ein paar Fotos von der Piratenpuppe. Kim sah ihr dabei zu, während sie weiter nachgrübelte: Wem gehörte die Piratenpuppe? Wer hatte sie ins Wasser geworfen und warum? Sollte das etwa ein makabrer Scherz sein?

»Ich möchte zu gern wissen, wer das war!«, sagte ein älterer Mann mit schneeweißen Haaren.

»Ich auch!«, kam es von mehreren Seiten.

Frau Gesche runzelte die Stirn. »Vielleicht stecken ja diese beiden Artisten dahinter? Hatten die heute Mittag bei der Rezeption nicht so einen kleinen Springteufel dabei?«

»Das kann ich mir bei den beiden nicht vorstellen«, wandte Kim ein. »Und der Springteufel war doch ganz harmlos. Das ist ein Spielzeug für kleine Kinder.«
Tante Florentine pflichtete Kim bei. »Ja, die Artisten sind viel zu nett, um so etwas Gemeines zu tun.«
Die drei !!! wechselten einen kurzen Blick. Natürlich ließ sich die Vermutung von Frau Gesche nicht ganz ausschließen. Der Sache mussten sie auf jeden Fall nachgehen.
Inzwischen war auch der Kapitän dazugekommen. »Bitte gehen Sie alle wieder in Ihre Kabinen zurück«, bat er. »Sie können ganz beruhigt sein. Wir werden die Puppe an einem sicheren Ort aufbewahren, bis geklärt ist, wem sie gehört. Denjenigen, der sie ins Wasser geworfen hat, werden wir ernsthaft zur Rede stellen.«
Die Gruppe der Neugierigen löste sich zögerlich auf. Ein Passagier nach dem anderen verließ das Deck. Die Retter hoben die Piratenpuppe auf und trugen sie davon.
»Vielen Dank, dass du mich informiert hast«, sagte der Wachoffizier zu Kim. Dann verabschiedete auch er sich gemeinsam mit dem Sanitäter.
Nachdem die Mannschaft sich entfernt hatte, blieben nur die drei !!! und Frau Gesche zurück.
»Ich kann mir das nicht erklären«, murmelte sie. »Ist das nicht alles ziemlich rätselhaft?«
»Allerdings.« Marie fischte eine Karte aus ihrer Hosentasche. »Wir werden uns darum kümmern. Wir sind nämlich Detektivinnen. Wenn Ihnen in den nächsten Tagen an Bord irgendetwas Verdächtiges auffällt, können Sie sich gerne bei uns melden.«

Frau Gesche nahm die Visitenkarte des Detektivclubs und las interessiert den aufgedruckten Text.

Überrascht sah sie Kim, Franzi und Marie an. »Ihr habt einen Detektivclub? Das ist ja spannend! Die Karte sieht toll aus, richtig professionell. Habt ihr denn schon viele Fälle gelöst?«

»Äh … ja«, antwortete Franzi bescheiden.

Frau Gesche steckte die Visitenkarte ein. »Vielen Dank. Ich werde Augen und Ohren offen halten, das verspreche ich euch.«

Ein Streit und noch mehr Ärger

Detektivtagebuch von Kim Jülich
Ostermontag, 6:48 Uhr
Der zweite Tag an Bord! Wir sind immer noch im Hafen von Istanbul. Um 16 Uhr läuft unser Schiff aus mit Kurs auf die griechische Insel Mykonos.
Wir sind uns nicht sicher: Haben wir nun einen neuen Fall oder nicht? Noch wissen wir nicht, was hinter dem flackernden Licht an Deck und dem Vorfall heute mit der Piratenpuppe steckt, aber das wollen wir so bald wie möglich herausfinden. Das Poltern, das Lachen und der Schrei in der Kabine über uns sind jedenfalls genau gleich wie das gruselige Lachen beim Sturz der Piratenpuppe ins Wasser. Die beiden Dinge hängen zusammen!
Heute werden wir einen Abstecher in den Flur über uns machen. Es sieht ganz danach aus, als ob die Puppe den Bewohnern der Kabine über uns gehört. Anscheinend haben diese Leute die Puppe ins Wasser geworfen. Die Gründe dafür sind allerdings noch sehr rätselhaft. Wer bitte macht so etwas???
Vielleicht gelingt es uns ja auch noch, die Artisten nach der Show unauffällig zu fragen, wo sie gestern Abend waren, als die Puppe ins Wasser gefallen ist. Obwohl ich echt nicht glaube, dass die beiden etwas damit zu tun haben. Aber wir müssen grundsätzlich jeder Spur nachgehen!

Geheimes Tagebuch von Kim Jülich
Ostermontag, 7:10 Uhr
Stopp, Finger weg!!! Wer es wagt, trotz Verbot weiterzulesen,

den schicke ich mit einem Schiff auf eine einsame Insel. Dort muss er dann bis zum Ende seines Lebens ausharren. Niemand wird ihn retten. Niemand!

Ich hab total schlecht geschlafen in meiner ersten Nacht an Bord. Sobald ich die Augen zuhatte, musste ich wieder an Michi denken und die schrecklichen Worte, die er am Karfreitag zu mir gesagt hat.

»Es kann so nicht weitergehen, Kim. Ich glaube, es ist besser, wenn wir Schluss machen.«

»Es tut mir so leid, Kim.«

Aber wenn es dir leidtut, Michi, warum machst du dann Schluss? Ich versteh das nicht! Warum können wir es nicht noch mal versuchen? Magst du mich wirklich gar nicht mehr, kein bisschen?? Wir waren doch so lange zusammen.

Michi … Du hast mein Herz gebrochen.

Ich kann nicht mehr weiterschreiben!

»Einen wunderschönen guten Morgen! Toll, dass ihr bei der Laufgruppe unseres Jugendclubs mitmacht. Ich bin Hanno und kann euch jetzt schon sagen: Wir werden jede Menge Spaß haben!«

Kim zwang sich zu lächeln. Der Animateur schien echt nett zu sein. Und sie wollte Marie und Franzi die Freude nicht verderben. Außerdem hatte sie sich fest vorgenommen, mit der täglichen Laufrunde gegen ihren Liebeskummer anzukämpfen.

Nach ein paar Dehnübungen ging es los. Die Gruppe startete vom Wellness-Center und lief in lockerem Tempo das Deck entlang. Kim konzentrierte sich auf ihren Atem. Bei

jedem dritten Schritt atmete sie aus, dann wieder ein. Das klappte schon mal ganz gut. Nach zehn Minuten merkte sie trotzdem, wie anstrengend das Laufen war.
»Ihr macht das prima!«, spornte Hanno die Gruppe an. »Spürt ihr den Wind, wie er euch kühlt? Ist das nicht herrlich?«
Kim hob den Kopf. Eine frische Brise fuhr durch ihre kurzen Haare. Die Sonne schickte ihre ersten wärmenden Strahlen.
»Eins, zwei, eins, zwei!«, hörte sie plötzlich jemanden im Kommandoton rufen.
»Und jetzt doppelt so schnell!« Eine Frau begann zu kichern. Alle drehten sich um. Ilias und Ikaros klatschten in die Hände und feuerten die Laufgruppe an.
Franzi lachte. »Kommt, macht mit!«
»Na gut, warum eigentlich nicht?«, sagte Ilias.
Die Artisten schlossen sich den Läufern an, alberten jedoch weiter herum und hüpften wie junge Kängurus durch die Gegend.
Marie nutzte die Gelegenheit, um beiläufig ein Gespräch anzuknüpfen: »Ihr seid bestimmt ein härteres Training gewohnt, oder? Wie lange trainiert ihr denn so am Tag?«
»Vier Stunden mindestens«, erzählte Ikaros. »Vor einer Show manchmal noch länger.« Er streckte beide Arme in die Luft, dehnte seine Muskeln und gähnte herzhaft.
»Puh!«, sagte Kim beeindruckt. »Das kling echt anstrengend. Wir freuen uns schon so, euch zu sehen. Aber wenn ihr so hart trainiert, geht ihr sicher auch früh schlafen, oder?«
Ilias seufzte. »Schön wär's! Gestern hatten wir noch ewig lang Generalprobe, bis nach Mitternacht.«

Die drei !!! wechselten hinter dem Rücken der Artisten einen kurzen Blick. Damit hatten sich Ilias und Ikaros gerade gegenseitig ein Alibi geliefert. Aber sagten sie auch die Wahrheit? Kim war sich nicht ganz sicher und auch Marie schien leichte Zweifel zu haben. Falls die Luftakrobaten jedoch nicht geschwindelt hatten, bedeutete das: Irgendjemand anderes musste die Piratenpuppe ins Wasser geworfen haben.
Hanno löste sich von der Spitze der Laufgruppe und kam zu den drei !!!. »Hey! Lasst euch von den beiden Spaßvögeln nicht ablenken, sonst verliert ihr den Anschluss.«
Den Vorwurf konnte Franzi nicht auf sich sitzen lassen. »Moment mal, wer verliert hier den Anschluss?«, gab sie schlagfertig zurück. Dann sprintete sie so schnell los, dass Hanno beeindruckt »Wow!« rief.

»Und ihr wollt wirklich nicht mit auf den Landgang?«, fragte Tante Florentine später beim Frühstück.
Marie lud sich ein Stück Melone mit Schinken auf ihre Gabel und schob sie in den Mund. »Nein. Heute beginnt doch der Videoclip-Dreh.«
Franzi zupfte aufgeregt an ihren Zöpfen. »Das wird sicher total spannend.«
Die drei !!! saßen mit Tante Florentine und Eva beim Frühstück. Die *Boyzzzz* und Regisseur Fabian waren bereits am Wellness-Pool auf dem Oberdeck, um alles vorzubereiten.
Kim warf einen sehnsüchtigen Blick auf das tolle Frühstücksbüffet. Die große Auswahl ließ keine Wünsche offen: Es gab frisch gebackene Brötchen, Müsli, Platten mit frischen Früchten, Eierspeisen und Kuchen, aber Kim hatte gegen

ihre Gewohnheit kaum etwas gegessen. Bei ihr war die angenehm kribbelnde Vorfreude leider längst in quälendes Lampenfieber umgeschlagen. Was war, wenn sie beim Singen keinen Ton herausbrachte? Oder sich beim Tanzen die Schritte nicht merken konnte?

»Ich wünsche euch viel Spaß!«, sagte Eva. »Macht euch keinen Kopf: Nick hat mir erzählt, dass er sich eine ganz einfache Choreografie für euch ausgedacht hat.« Dann wandte sie sich an Tante Florentine. »Und wir machen noch mal Istanbul unsicher? Hast du Lust, auf den Gewürzbasar zu gehen?«

Maries Tante strahlte. »Oh ja! Ich möchte mir unbedingt jede Menge Gewürze für zu Hause mitnehmen.«

Die beiden Frauen standen auf und griffen nach ihren Handtaschen. Kim, Franzi und Marie begleiteten sie noch ein Stück bis zum Shopping-Center.

Vor dem Eingang versammelten sich die Passagiere, die ein Ausflugsprogramm mit Reiseführung gebucht hatten. Kim schnappte einzelne Gesprächsfetzen auf. Das große Thema war die gestrige Rettungsaktion. Die Geschichte mit der Piratenpuppe hatte sich schnell herumgesprochen.

»Habt ihr es schon gesehen?«, sagte eine Frau im Tigerprint-Kleid zu ihren Freunden. »Der Kapitän hat einen Aushang aufgehängt.«

Neugierig traten die Detektivinnen an die Glasscheibe, an der ein Poster befestigt war.

Sehr verehrte Passagiere,

gestern wurde eine lebensgroße Piratenpuppe offensichtlich absichtlich über Bord geworfen. *Passagiere, die etwas Verdächti-*

ges beobachtet haben, möchten sich bitte umgehend bei Ingrid, der Chef-Stewardess, melden. Sie wird alle sachdienlichen Hinweise entgegennehmen.
Vielen Dank.
Mit freundlichen Grüßen
Ihr Kapitän Sandolf

»Vielleicht meldet sich ja sogar der Täter selbst!« Marie setzte ihre Sonnenbrille auf. »Wenn ich es getan hätte, würde ich mich allerdings garantiert nicht melden, sondern einfach abwarten, bis Gras über die Sache gewachsen ist.«
»Ich fürchte, du hast recht«, stimmte Kim zu. »Aber vielleicht bereut er oder sie es ja doch noch nachträglich.«
Die drei !!! verabschiedeten sich von Tante Florentine und Eva und liefen hinauf zum Oberdeck.
Franzi pfiff durch die Zähne. »Seht euch mal das an!«
Der Pool hatte sich in eine tropische Wellness-Oase verwandelt. Fabian und sein Team hatten täuschend echt wirkende Palmen aufgestellt und die Liegestühle mit Blumenketten geschmückt. Auf der Wasseroberfläche des Pools schwamm eine riesige pinkfarbige Luftmatratze in Form einer Seerose. Passend zur Deko trugen die Bandmitglieder bunte Hawaiihemden, weiße Stoffhosen und Strohhüte.
»Die Kulisse ist super geworden, oder?«, sagte Fabian, der sichtlich stolz auf sein Werk war. »Die Instrumente und Verstärker haben wir auch schon aufgebaut. Wenn ihr wollt, könnt ihr gleich die Kleider anziehen. Da drüben haben wir eine Umkleide, und Jenny zaubert euch ein schönes Make-up.«

Marie trug bereits das für den Dreh vorgesehene geblümte Strandkleid. Kim und Franzi verschwanden hinter dem Vorhang und erschienen kurz darauf im gleichen Modell.
Nick grinste. »Jetzt seht ihr fast aus wie Drillinge! Die Strandkleider stehen euch total gut.«
»Uns hoffentlich auch, oder?«, mischte Backgroundsängerin Nora sich ein, die mit ihrer Kollegin Lili aus zwei Strohhalmen einen Fruchtcocktail trank.
»Ja, klar!«, versicherte Bobby.
Eine Viertelstunde später war Showtime! Die drei !!! durften es sich mit Nora und Lili auf der Luftmatratze bequem machen.
Fabian gab kurze Anweisungen: »Rückst du noch ein Stückchen vor, Kim? Marie, du drehst deinen Kopf zur Band, und Franzi darf sich gerne an dich anlehnen. Lili, Nora, ihr könntet eure Beine ins Wasser hängen lassen – ja, das ist gut! Bitte bleibt so, lächelt in die Kamera und winkt ab und zu.«
Kim war erleichtert. Winken und lächeln, das war kein Problem. Die *Boyzzzz* stimmten ihre Instrumente. Dann legte die Band los. Bassist Bobby und Schlagzeuger Joe spielten ein rockiges Intro. Der Rhythmus war so voller Energie, dass Kim automatisch mit dem Körper wippte.
»Ihr seid super!«, rief Fabian. »Macht weiter so, habt einfach Spaß.«
Nick nahm das Mikro in die Hand und begann mit der ersten Strophe:

»Let's cruise together!
Come on, cruising is fun!«

Plötzlich hörte er auf zu singen. »Das Tempo ist zu schnell, wir sollten es langsamer angehen, meint ihr nicht?«

»Cut! Kamera aus!«, rief Fabian.

»Finde ich gar nicht«, sagte David. »Das Tempo ist genau richtig.«

Nick fixierte das Mikro wieder im Ständer. »Es geht um die richtige Mischung. Die meisten Songs auf unserem Album sind alle sehr schnell. Beim letzten Lied darf sich der Herzschlag auch mal wieder beruhigen.«

»Nein!« David schüttelte energisch den Kopf.

»Was heißt hier nein?«, gab Nick zurück. »Sag mir, warum.«

David trommelte mit den Fingern auf seine E-Gitarre. »Das muss ich nicht erklären, das versteht sich von selbst.«

Nick zog verärgert die Augenbrauen zusammen. »Es geht dir gar nicht um den Song, du willst dich einfach mit mir streiten. Lass das lieber sein, es lohnt sich nicht.«

Der Gitarrist lachte trocken. »Im Gegenteil, ich fange gerade erst an. Diesmal wirst du auf mich hören. *Ich* bin nämlich hier der Produzent, *ich* finanziere den Videoclip, oder hast du das etwa schon vergessen?«

»Wie könnte ich?«, gab Nick zurück. »Du redest ja seit Tagen von nichts anderem. Aber hier geht es um die künstlerische Leitung der Band. Die liegt immer noch bei mir, Finanzierung hin oder her.«

»Nick, David!«, rief Fabian. »Wir besprechen das ein andermal, ja? Jetzt drehen wir bitte weiter. Der Sonnenstand und das Licht sind perfekt, das müssen wir ausnutzen.«

»Geht klar«, sagte Nick, während David sich wütend über seine Gitarre beugte.

Nach der Szene im Pool sollten Kim, Franzi und Marie sich hinter drei Liegestühle stellen und ein paar Tanzschritte nach rechts und links machen. Fabian zeigte es ihnen und Kim sah ganz genau zu. Eva hatte zum Glück recht gehabt: Die Choreo war wirklich einfach zu merken.
»Ja, das ist super!«, lobte Fabian. »Noch ein bisschen lockerer in den Hüften. Perfekt!«
Das Team war nun hoch konzentriert bei der Arbeit. Die Zeit verging wie im Flug. Kim konnte es kaum glauben, dass die Passagiere schon wieder von ihrem Landgang zurückkehrten. Einige blieben neugierig hinter dem weißen Absperrband stehen, wiegten sich im Takt der Musik mit und genossen die tolle Stimmung am Set. Tante Florentine und Eva kamen auch dazu. Sie lächelten den Mädchen aufmunternd zu und streckten ihre Daumen nach oben. Kim bekam wieder ein bisschen Lampenfieber, aber dann entspannte sie sich. Es war so schön, dass alle so viel Spaß am Urlaubs-Song der *Boyzzzz* hatten!
Der letzte Akkord verklang, Joe erzeugte mit dem Besen auf einer kleinen Trommel einen leise rauschenden Klang, der sich mit dem Plätschern der Wellen an der Hafenmauer mischte. Alle hielten den Atem an.
Fabian hob die Arme. Doch bevor er dem Kameramann »Cut!« zurufen konnte, schallte plötzlich eine laute Männerstimme quer übers Deck: »Was ist denn das für ein Lärm? Der Pool für die Erwachsenen ist ein Wellnessbereich! Da wollen die Passgiere ihre Ruhe genießen.«
Kim erkannte die nörgelnde Stimme sofort wieder. Das konnte nur Herr Gesche sein!

Seine Frau versuchte vergeblich, ihn am Arm zurückzuziehen. »Werner, bitte! Seit wann willst du unbedingt am Pool sein? Du schwimmst doch gar nicht gern.«
Herr Gesche zischte ihr beleidigt zu: »Das interessiert hier wirklich niemanden!«
Frau Gesche verdrehte die Augen. »Sei doch nicht so empfindlich.«
Jetzt ging David herausfordernd auf Herrn Gesche zu. »Das ist kein Lärm, das ist der nächste Sommerhit in den Charts!«
»Ach wirklich?« Herr Gesche klopfte sich mit den Händen auf den Bauch. »Ich lach mich tot! Ruhestörung ist das. So sieht's aus!«
Fabian schob sich zwischen die beiden Männer. »Hallo! Ich bin Fabian, der Regisseur. Ich kann das gerne erklären. Wir drehen einen Videoclip zu einem Popsong. Natürlich sind die Dreharbeiten mit der Reederei abgesprochen.«
»Abgesprochen, abgesprochen!«, wiederholte Herr Gesche verächtlich. »Das interessiert mich nicht. Ich werde gleich mal ein ernstes Wörtchen mit dem Kapitän reden. Sie können hier nicht einfach Ihre Verstärker voll aufdrehen, das geht nicht!«
»Werner, bitte ...«, raunte seine Frau ihm wieder zu. Dann wandte sie sich lächelnd an David. »Mir hat das Lied richtig gut gefallen. Es bringt so schön die leichte Sommerstimmung rüber.«
Davids finstere Miene hellte sich kurzfristig auf. »Danke. Das ist nett von Ihnen.« Gleich danach wurde der Gitarrist wieder wütend. »Wissen Sie überhaupt, was so ein Produktionstag kostet?«, fragte er Herrn Gesche. »Das wissen Sie

nicht? Ich kann es Ihnen sagen: So ein Tag ist *schweineteuer*! Wagen Sie es ja nicht, unsere Dreharbeiten noch einmal zu stören! Haben Sie mich verstanden?« Drohend baute er vor Herrn Gesche auf. Sein Gesicht war knallrot geworden und verzerrt vor Wut.

Kim erschrak. Anfangs hatte sie Davids Reaktion noch nachvollziehen können, aber jetzt ging er eindeutig zu weit. Was war nur mit ihm los?

»Wir beenden den Dreh für heute«, beschloss Fabian. »Die entscheidenden Szenen, die ich haben wollte, sind im Kasten. Danke, Leute! Bis morgen.«

Die Band begann, ihre Instrumente und Verstärker zusammenzupacken. David sah seinen Kollegen dabei zu. Dann riss er sich plötzlich die Gitarre vom Hals, drückte sie dem verdutzten Bobby in die Hände und rauschte einfach ab.

»Siehst du, Werner!«, sagte Frau Gesche entrüstet. »Das ist alles deine Schuld. Du hast den armen Gitarristen in die Flucht geschlagen. Musste das wirklich sein?«

Herr Gesche grummelte: »Jetzt soll wieder ich an allem schuld sein! Komm, Daniela, wir gehen einen Kaffee trinken.«

Die drei !!! sahen dem ungleichen Ehepaar kopfschüttelnd nach. »Frau Gesche tut mir echt leid«, sagte Kim. »Ihr Mann beschwert sich ja ständig über irgendwas.«

Marie grinste. »Morgen wird er wahrscheinlich zum Käpten gehen und ihn anschnauzen, weil zu viele Wolken am Himmel sind.«

Die drei !!! lachten. Dann sagte Franzi: »Ich weiß, was wir jetzt machen könnten. Lasst uns endlich nachsehen, wer die Kabine über uns hat!«

Die drei !!! hatten zwar keinen Deckplan vom Schiff parat, aber sie zählten einfach die Kabinen auf dem Flur über ihnen durch, bis sie die richtige gefunden hatten. Der Rollwagen des Zimmermädchens stand davor. Kim sah auf die Nummer an der Tür: 313. Plötzlich spürte sie einen heftigen Stich in ihrem Herzen. Am 31. März hatte Michi Geburtstag! Aber sie durfte jetzt nicht an ihn denken, sonst musste sie gleich wieder weinen. Schnell versuchte Kim den Gedanken zu verdrängen.

Franzi hatte inzwischen entdeckt, dass die Tür einen Spalt offen stand. Wortlos gab sie Kim und Marie ein Zeichen. Leise näherten sich die Detektivinnen der Kabine. Franzi machte die Tür vorsichtig etwas weiter auf. Jetzt konnten alle drei genug sehen.

Kim hatte das Zimmermädchen erwartet, aber die Person im Raum war männlich. Es war David! Er stand mit dem Rücken zu ihnen neben dem Doppelbett. Der Gitarrist hatte sie noch nicht bemerkt. Kim schluckte. Damit hatte sie nun wirklich nicht gerechnet: Die Kabine direkt über ihnen war Davids Kabine!

Plötzlich begann das Kreuzfahrtschiff zu vibrieren. Sie hörten ein sattes Brummen aus den Tiefen des Rumpfes. Die Motoren wurden gestartet. Sie liefen aus dem Hafen von Istanbul aus!

David wandte sich vom Nachttisch ab und drehte sich zur Tür um. Verblüfft starrte er die drei !!! an. Wie sollten sie jetzt bloß erklären, was sie hier suchten? Kim fiel so schnell keine überzeugende Ausrede ein.

Marie ließ sich nicht aus der Ruhe bringen und rief erstaunt

aus: »Du hast ja die Kabine direkt über uns! Mensch, so ein Zufall!«
David war alles andere als begeistert. »Was fällt euch ein, hier einfach reinzuplatzen?«, schnauzte er die Detektivinnen an. »Seid ihr völlig verrückt geworden?«
»Entschuldige bitte!« Franzi lächelte scheinbar zerknirscht. »Wir haben einen kleinen Rundgang durchs Schiff gemacht. Da kamen wir zufällig hier vorbei und die Tür stand offen. Sag mal, David, du hast doch sicher auch den Aushang des Kapitäns gelesen, oder? Gehört die Piratenpuppe vielleicht dir?«
Der Gitarrist tippte sich mit dem Zeigefinger gegen die Stirn. »Blödsinn! Wie kommt ihr denn darauf? Ich hab mit dieser doofen einäugigen Piratenpuppe nichts zu tun.«
Kim stutzte. Sie hatte sich den Wortlaut des Aushangs genau gemerkt. Darin war nicht erwähnt worden, dass die Puppe nur ein Auge besaß. Prüfend sah Kim David an. Woher wusste er davon?

Morsezeichen

Es raschelte leise, als Kim, Franzi und Marie über den roten Teppich liefen, der vom italienischen Restaurant zum Theatersaal führte. Kim raffte ihr Maxikleid, damit sie nicht aus Versehen mit den Füßen darauftrat. Er sah wirklich toll aus, aber sie war es nicht gewohnt, so elegante Sachen zu tragen. Auch Franzi, Marie und Tante Florentine hatten sich chic gemacht – und sie waren nicht die Einzigen. Die Passagiere um sie herum trugen alle Abendgarderobe. Die Dinner auf einem Kreuzfahrtschiff waren immer sehr festlich.

Kurz vor dem Eingang zum Theater verschwand Tante Florentine auf der Damentoilette, um ihr Make-up aufzufrischen. Die drei !!! nutzten die Gelegenheit, um noch mal ungestört über das Zusammentreffen mit David zu sprechen.

»Ich finde, er hat ganz schön heftig reagiert«, sagte Kim. »Woher wusste David, dass es eine *einäugige* Piratenpuppe war?«

Marie pustete sich den frisch geföhnten Pony aus der Stirn. »Es gibt zwei Möglichkeiten: Entweder gehört ihm die Piratenpuppe und er hat sie ins Wasser geworfen. Oder er war gestern Abend unter den Passagieren, die bei der Rettungsaktion zugesehen haben.«

Franzi nickte. »Stimmt. Da war so viel los. Kann schon sein, dass wir ihn in dem ganzen Chaos und der Aufregung nicht bemerkt haben.«

»Aber warum sollte er eine Puppe ins Wasser werfen?« Kim blickte ihre Freundinnen ratlos an. »Das ist alles total merkwürdig.«

»Was ist merkwürdig?«, wollte Tante Florentine wissen, die wieder zu ihnen gestoßen war.
Marie dachte sich schnell etwas aus: »Es ist schon merkwürdig, dass wir immer noch hier draußen herumstehen. Gleich beginnt die Show!«
Sie schlüpften in den bereits verdunkelten Saal. Eine Platzanweiserin führte sie zu ihrem Tisch in der Mitte des Theaters. Ausgerechnet das Ehepaar Gesche saß am Tisch rechts neben ihnen. Die drei !!! sagten höflich Guten Abend. Dann bestellte Tante Florentine eisgekühlte Cola und Salzbrezeln zum Knabbern. Gerade als die Getränke und Brezeln kamen, ging der Vorhang auf.
Kapitän Sandolf erschien in seiner Galauniform. »Es ist mir eine besondere Freude, heute zwei fantastische Künstler hier bei uns zu haben, die in der ganzen Welt zu Hause sind. Begrüßen Sie mit einem Riesenapplaus die Luftakrobaten Ilias und Ikaros!«
Die Artisten liefen auf die Bühne und verbeugten sich Hand in Hand. Ihre eng anliegenden Gymnastikanzüge glitzerten silbern im Scheinwerferlicht. Tangomusik kam aus den Lautsprechern. Das Paar tanzte dazu mit weit ausholenden Schritten. Dann schwebte ein Trapez von der Decke. Ilias sprang auf die Schultern ihres Partners, griff mit den Händen nach dem unteren Holm und setzte sich darauf. Von dort erreichte sie den oberen Holm und machte Platz für Ikaros.
Was nun folgte, war eine atemberaubende Abfolge von akrobatischen Kunststücken. Die Artisten bogen ihre Körper zu kunstvollen Figuren und zeigten parallel einen Spagat. Oft

hing Ikaros kopfüber nur mit den Füßen am oberen Holm und ließ seine Partnerin frei in der Luft schweben. Dann wieder schwangen sich die Artisten abwechselnd nach oben und unten.
Kim stockte der Atem. Allein beim Zusehen wurde ihr schwindelig. Das Publikum war völlig gebannt. Selbst Herr Gesche hatte ausnahmsweise einmal nichts zu nörgeln. Er legte den Arm um die Schulter seiner Frau, die ein hübsches Collier mit ovalen, grünen Steinen trug, und starrte fasziniert auf die Bühne.
Nach der Trapeznummer präsentierten Ilias und Ikaros ein paar verblüffende Zaubertricks mit Münzen und Spielkarten, brachten das Publikum mit einem Feuerwerk an Späßen zum Lachen und zeigten abschließend zwei weitere Trapeznummern. Der Erfolg war so groß, dass die Luftakrobaten drei Zugaben geben mussten.
Franzi klatschte wie verrückt und Tante Florentine rief immer wieder ganz laut: »Bravo, bravo!«
Der letzte Vorhang fiel. Die Show war vorbei und das Publikum wurde ins Foyer entlassen, wo ein Tisch für die Autogrammstunde aufgebaut war. Dort trafen die drei !!! auf die *Boyzzzz*, die ebenfalls die Show besucht hatten.
»Jetzt möchte ich aber endlich ein Autogramm haben!«, sagte Franzi. »Ich bringe euch welche mit.« Sie beeilte sich, um einen Platz im vorderen Teil der Schlange zu ergattern.
Fünf Minuten später kehrte Franzi freudestrahlend mit vier Autogrammen zurück. »Bei mir hat Ilias sogar noch ein Clownsgesicht drauf gemalt, seht mal!« Stolz zeigte sie ihren Freundinnen die Autogrammkarte.

»Das sieht lustig aus«, sagte Kim.
David warf auch einen kurzen Blick auf die Autogrammkarte, verzog aber nur spöttisch den Mund. Da ging Herr Gesche an ihm vorbei und die beiden Männer warfen sich feindselige Blicke zu.
»Ihr werdet euch noch wundern!«, zischte Herr Gesche dem Gitarristen zu.
David bekam einen roten Kopf. »Was wollen Sie damit sagen?«
Her Gesche antwortete nicht, sondern grinste nur hämisch. Demonstrativ kehrte er David den Rücken zu und eilte auf Ilias und Ikaros zu. Begeistert schüttelte er die Hände der Artisten. »Die Show war einfach großartig! Meine Frau und ich sind total überwältigt. Vielen Dank! Sie haben uns so einen tollen Abend beschert.«
Marie lächelte amüsiert. »Wer hätte das gedacht?«, flüsterte sie Kim und Franzi zu. »Er kann also auch freundlich sein!«
Während Herr Gesche den Luftakrobaten ausführlich schilderte, was ihm an der Show besonders gut gefallen hatte, plauderte seine Frau angeregt mit David.
Nach einiger Zeit verließ das Ehepaar Gesche gemeinsam das Foyer. Franzi ging noch einmal zu den Artisten hin. »Gibt es eigentlich eine zweite Vorstellung auf dem Schiff?«, erkundigte sie sich.
»Leider nein«, sagte Ilias. »Wir werden morgen auf Mykonos von Bord gehen, weil wir dort ein anderes Engagement haben.«
»Schade!« Franzi machte ein enttäuschtes Gesicht.
Ikaros grinste verschmitzt. »Das Leben ist zu kurz, um trau-

rig zu sein!« Er holte aus seiner Sporttasche die schwarze Box und ließ noch mal den kleinen Teufel herausspringen. Dann verabschiedeten sich die beiden und verschwanden lachend in Richtung Garderobe.

Tante Florentine gähnte verstohlen. »Der Abend war wirklich schön, aber jetzt bin ich müde. Gute Nacht, ihr drei!«

»Gute Nacht!«, wünschten Kim, Franzi und Marie.

Langsam leerte sich das Foyer. Auch die *Boyzzzz* zogen sich zurück.

»Und was machen wir mit dem Rest des Abends?«, fragte Marie. »Ich bin viel zu aufgekratzt, um gleich schlafen zu können.«

»Wie wär's mit einem Abstecher an Deck?«, schlug Kim vor. »Heute ist eine klare Nacht und wir sind endlich auf See. Da kann man bestimmt die Sterne sehen.«

Franzi und Marie waren sofort dabei. Das gleichmäßige Rauschen der Wellen empfing sie, als sie an die frische Luft traten. Das Meer lag wie ein dunkler Teppich da und der Sternenhimmel spannte sich als wunderschönes Zeltdach über ihnen.

Marie legte den Kopf in den Nacken und ließ sich vom Wind die offenen Haare verwehen. »Ich *liebe* diese Kreuzfahrt! Kann jemand von euch ein Foto von mir machen? Ich möchte Holger gern ein Bild schicken.«

»Klar.« Kim und Franzi griffen gleichzeitig in ihre Handtaschen. Kim holte ihre neue Digitalkamera heraus und Franzi ihr Handy. Die Freundinnen gingen ein Stück zurück und drückten auf die Auslöser.

»Lass mal sehen!« Marie sah auf Franzis Handy und lächelte

zufrieden. »Da wird sich Holger freuen! Ich schreibe ihm noch ein paar liebe Zeilen dazu und schicke ihm morgen gleich das Foto. Zu Hause bekommt er dann natürlich auch noch einen Abzug von deinem Foto, Kim.« Marie blickte verträumt aufs Meer.

»Du hast es gut«, murmelte Kim. Sie gönnte Marie von ganzem Herzen, dass es zwischen ihr und Holger so gut lief, aber dadurch wurde ihr noch mal so richtig bewusst, dass sie keinen Freund mehr hatte.

Marie drückte Kims Hand. »Tut mir leid! Ich wollte nicht, dass du traurig wirst.«

»Ist schon in Ordnung«, sagte Kim tapfer. »Richte Holger liebe Grüße von mir aus und …«

»Psst!«, machte Franzi plötzlich.

Kim und Marie sahen sie verwundert an. »Was ist los?«

»Das Licht auf dem Deck über uns!«, flüsterte Franzi. »Es flackert wieder, seht ihr?«

Kim konnte es mit bloßem Auge erkennen. Es war genau wie am ersten Abend im Hafen von Istanbul. Das Licht flackerte auf, erlosch und leuchtete kurz darauf wieder.

Marie konzentrierte sich auf die Abstände und die Dauer der Lichtimpulse. Das Licht flammte teilweise nur kurz auf und dann wieder lang. »Ich glaube, das ist doch kein Geist, sondern jemand, der mit einer Taschenlampe Morsezeichen sendet!«, raunte Marie.

Franzi kannte den Morsecode gut und entschlüsselte die Botschaft. »*Ready.* Was soll das denn bedeuten? Wer oder was ist fertig oder bereit?«

Kim beugte sich über die Reling. Sie wollte zu gerne wissen,

wer die Morsezeichen sendete. Da! Sie konnte den Schatten einer Person sehen. Kim zückte wieder ihre Digitalkamera und drückte mehrfach hintereinander auf den Auslöser. Ob die Fotos bei der Dunkelheit ohne Blitz etwas werden würden, war fraglich, aber einen Versuch war es wert.
Auf einmal hörten die drei !!! halblaute Stimmen, aber der Wind verwehte sie. Deshalb konnte Kim leider nicht genau orten, ob sie aus der Richtung des Schattens kamen. Angestrengt lauschten die Detektivinnen.
Einzelne Gesprächsfetzen waren zu verstehen: »Nein, heute noch nicht … nur Probe. Hast du … Infos aufgeschrieben? – Ja, klar … Koordinaten. – Dann komm, wir müssen packen. Morgen … früh raus.«
Die Stimmen verstummten. Kim, Franzi und Marie hörten Schritte, die sich rasch entfernten.
Als sie sicher sein konnten, selbst nicht mehr gehört zu werden, sagte Kim: »Das waren zwei Männer, oder? Meint ihr, dass David einer von ihnen war? Er wohnt doch direkt über uns.«
»Stimmt, aber das können wir nicht sagen«, gab Marie zu bedenken. »Der Wind hat die Stimmen verzerrt.«
»Okay«, überlegte Franzi. »Nehmen wir mal an, der eine war David. Und der andere? Steckt der mit ihm unter einer Decke?«
»Gut möglich«, sagte Kim. »Was haben die beiden bloß geplant? Noch so eine gruselige Aktion wie mit der Piratenpuppe, die David noch alleine durchgezogen hat? Hat er jetzt was Größeres vor und braucht Hilfe dabei?« Kim zog Notizblock und Kugelschreiber aus ihrer Handtasche. »War-

tet mal, ich muss kurz aufschreiben, worüber die zwei gesprochen haben.« Sie kritzelte rasch die Stichworte der verdächtigen Unterhaltung auf ihren Block. Dann zog sie fröstelnd die Schultern hoch. »Es wird frisch. Lasst uns reingehen.«

Verfolgungsjagd auf Mykonos

Am nächsten Morgen wachte Kim mit Kopfschmerzen auf. Auch in der zweiten Nacht hatte sie schlecht geschlafen. Zu viele Gedanken waren in ihrem Kopf herumgespukt: die Piratenpuppe, die Morsezeichen, das nächtliche Gespräch der beiden Männer, ihr geheimnisvoller Plan. Dann die atemberaubende Show von Ilias und Ikraros und die offene Feindseligkeit zwischen Herrn Gesche und David. Und als dunkler Schatten über allem lag die Trennung von Michi.
Kim war froh, dass die drei !!! heute einen straffen Zeitplan hatten. Das würde sie hoffentlich ablenken. Vormittags sollten die Freundinnen bei den Vorbereitungen zum Videoclip-Dreh mithelfen und nachmittags würde das Kreuzfahrtschiff die griechische Insel Mykonos erreichen. Kim, Franzi und Marie wollten mit Tante Florentine bei einem Landgang die Insel erkunden.
Nach einem eiligen Frühstück machten sich die Detektivinnen auf den Weg zum Pool. Auf der Außentreppe zum Oberdeck kam ihnen Frau Gesche entgegen. Sie war ohne ihren Mann unterwegs.
»Guten Morgen!«, grüßte Kim freundlich. »Tolles Wetter heute! Freuen Sie sich auch schon auf Mykonos?«
Frau Gesche fuhr sich mit der Hand über die Wangen. Sie war ganz aufgelöst und weinte!
»Was ist denn los? Können wir Ihnen helfen?«, fragte Franzi.
Frau Gesche schniefte. »Es ist nichts, es ist gar nichts!«, behauptete sie und lief schnell die Treppe hinunter.

Die drei !!! sahen ihr besorgt nach.
»Von wegen, da ist gar nichts! Vielleicht hat sie sich mit ihrem Mann gestritten?«, vermutete Marie. »Kein Wunder, mit diesem Miesepeter würde ich es keinen einzigen Tag lang aushalten.«
Kim überlegte kurz, ob sie Frau Gesche nachlaufen sollten, aber das hatte wenig Sinn. Offensichtlich wollte sie alleine sein und außerdem wartete Fabian auf die drei !!!.
Kim, Franzi und Marie gingen weiter zum Pool. Heute sah die Kulisse völlig anders aus als gestern. Statt der Palmen standen große Plüsch-Eisbären herum und im Pool schwamm eine Eisscholle aus Plastik.
»Was wird das denn, wenn es fertig ist?«, fragte Franzi verwundert.
Fabian lachte. »Cooler Stimmungswechsel, was? Im Song geht es um eine Liebe, die auf einer Kreuzfahrt unter Palmen beginnt. Erst ist alles wunderbar harmonisch und rosarot, aber dann streitet sich das Paar heftig und redet nicht mehr miteinander. Zwischen den beiden herrscht Eiszeit und das wollen wir auch mit der Kulisse rüberbringen.«
»Aber am Schluss gibt es hoffentlich ein Happy End, oder?«, hakte Marie nach. »Versöhnen sich die beiden wieder?«
»Klar«, sagte Nick, der gerade einen Karton öffnete, in dem sich Deko-Ketten mit hellblau glitzernden Eiskristallen befanden. »Wenn ihr wollt, könnt ihr die Ketten um die Liegestühle wickeln. David, hilfst du auch mit? Dann geht es schneller.«
Der Gitarrist schüttelte unwillig den Kopf. »Ich muss hier erst mal den Kabelsalat von den Verstärkern entwirren.«

Nick versuchte es ein zweites Mal, seinen Bandkollegen zu überreden. »Darum kümmert sich doch der Techniker. Jetzt komm bitte!«

Doch David blieb stur. Das kann ja heiter werden, dachte Kim. Langsam wurde Davids schlechte Laune zum Problem.

Die drei !!! trugen die Deko-Ketten zu den Liegestühlen und machten sich an die Arbeit. Als sie fertig waren, bestaunten sie die verblüffende Wirkung. Es wirkte, als sei das Kreuzfahrtschiff wirklich im Eismeer unterwegs. Das restliche Team baute inzwischen die Instrumente und Verstärker auf.

»Danke, Leute«, lobte Fabian. »Das sieht echt gut aus. Ich glaube, wir können loslegen mit dem Drehen.«

»Entschuldigen Sie bitte die Störung!« Chef-Stewardess Ingrid kam die Treppe hoch und steuerte auf David zu. »Könnte ich Sie kurz alleine sprechen, Herr Brandner? Das wäre sehr nett von Ihnen. Es ist wichtig.«

»Muss das ausgerechnet jetzt sein?«, beschwerte sich der Gitarrist. »Sie sehen doch, dass wir hier drehen wollen.«

Die Chef-Stewardess lächelte weiterhin freundlich. »Kommen Sie doch bitte kurz mit, Herr Brandner. Es dauert auch nicht lange.«

»Fangt bloß nicht ohne mich an!«, sagte David zu seinen Band-Kollegen. Dann begleitete er missmutig die Stewardess.

Die drei !!! warfen sich einen Blick zu. Sie waren neugierig geworden und beschlossen, David und der Chef-Stewardess zu folgen. Es fiel nicht weiter auf, weil Fabian eine Kaffeepause vorschlug und das Dreh-Team sich kurzfristig auflöste.

Ingrid ging mit David zum Wellness-Center in der Nähe des Pools. Dort gab es ein offenes Büro mit Sitzgelegenheiten für die Kunden, die auf einen Termin bei der Kosmetikerin warteten. Momentan saß niemand im Wartebereich. Kim, Franzi und Marie versteckten sich hinter einer Reklamewand, die für perfekt gepflegte und manikürte Füße warb.
»Es geht um Ihre Kreditkarte, Herr Brandner«, sagte die Chef-Stewardess. »Sie wird leider von unseren Lesegeräten nicht akzeptiert. Hätten Sie vielleicht noch eine andere Karte, die Sie uns zur Verfügung stellen könnten?«
David grunzte unwillig. »Nein, hab ich nicht. Die Karte funktioniert garantiert! Sie müssen es eben ein paar Mal versuchen, wenn die blöden Geräte streiken.«
»Das haben wir bereits getan, leider ohne Erfolg«, sagte die Chef-Stewardess geduldig.
»Na toll! Wenn das so ist, bezahle ich eben mit Bargeld!« David zog einen dicken Geldbeutel aus seiner Hosentasche, machte ihn auf und holte ein Bündel Geldscheine heraus, das er mit einer Büroklammer zusammengefasst hatte. »Aber langsam reicht es mir! Dauernd gibt es hier Ärger auf dem Schiff. Erst muss ich in eine andere Kabine umziehen, die total weit weg ist von meinen Bandkollegen, und dann unterstellt man mir auch noch, dass ich nicht bezahlen kann!«
Die Chef-Stewardess entschuldigte sich vielmals für die Umstände. »Es tut mir wirklich sehr leid. Die Crew möchte selbstverständlich, dass Sie sich bei uns an Bord rundum wohlfühlen. Vielen herzlichen Dank, dass wir diese unangenehme Angelegenheit so schnell klären konnten.«
»War mir kein Vergnügen«, murmelte David. Grußlos wand-

te er sich von der Stewardess ab und verließ das Büro. Zum Glück hatte er die drei !!! nicht bemerkt. Sie warteten ein paar Sekunden, dann flüsterte Kim: »Los, hinterher!«

Franzi wollte schon lossprinten, aber Marie hielt sie am Arm fest. »Warte! Da kommt jemand.«

Die Detektivinnen verschanzten sich wieder hinter der Reklame.

Kapitän Sandolf betrat das Wellness-Center. »Gut, dass ich Sie treffe!«, sagte er zur Chef-Stewardess. »Ich muss dringend mit Ihnen reden.«

»Was gibt es denn, Käpten?«, fragte Ingrid.

Sandolf holte ein zusammengefaltetes Stück Papier aus der Innentasche seiner Uniformjacke. »Herr Gesche hat einen Beschwerde-Brief eingereicht. Er ist der Meinung, dass der Videodreh die Erholung der Passagiere empfindlich stört und deshalb sofort gestoppt werden muss.«

Die Chef-Stewardess seufzte. »Darf ich mal sehen? Oh! Er hat zehn Unterschriften von anderen Gästen gesammelt, die sich angeblich auch belästigt fühlen.« Ingrid reichte den Brief wieder ihrem Chef. »Das ist bedauerlich, aber die Dreharbeiten sind mit der Reederei abgesprochen. Es gibt einen Vertrag darüber.«

Kapitän Sandolf nickte. »Ja, schon. Aber Herr Gesche ist nicht irgendein Passagier, bei ihm müssen wir Rücksicht nehmen. Er und seine Frau sind ganz wichtig für unsere Reederei. Wir arbeiten schon so viele Jahre mit ihrer Firma zusammen. Sie fertigen die Inneneinrichtung für unsere Kreuzfahrtschiffe.«

»Ich weiß, ich weiß«, räumte die Chef-Stewardess ein. »Trotzdem wehre ich mich immer gegen Sonderbehandlungen von Gästen. Gibt es nicht irgendeine andere Möglichkeit, das Problem zu lösen? Herr Gesche könnte doch zwischenzeitlich auf das Ruhe-Deck ausweichen oder sich im Wellness-Center aufhalten. Die Dreharbeiten dauern ja auch nicht mehr allzu lange.«

Der Kapitän zögerte. »Das ist richtig und ich kann Ihre Argumente nachvollziehen. Trotzdem möchte ich die guten Geschäftsbeziehungen mit den Gesches nicht aufs Spiel setzen. Ich rede mit dem Regisseur.«

Die Chef-Stewardess schien nicht gerade erfreut zu sein, dass der Kapitän dem Druck von Herrn Gesche nachgab, aber sie konnte ihm schlecht widersprechen.

Kapitän Sandfolf machte sich auf den Weg zum Oberdeck. Die drei !!! warteten, bis sich auch die Chef-Stewardess entfernt hatte. Dann liefen sie schnell zurück zum Pool.

Der Käpten verkündete gerade die schlechte Nachricht: »Ich muss Sie leider bitten, die Dreharbeiten bis auf Weiteres zu stoppen. Es gab eine Beschwerde von mehreren Passagieren, die ich nicht ignorieren kann.«

Bei der Band und dem Dreh-Team machte sich allgemeine Entrüstung breit. Auch Fabian konnte diesmal seinen Unmut nicht verbergen.

»Aber wir haben einen Vertrag mit der Reederei«, stellte er klar. »Ist der jetzt plötzlich ungültig?«

»Natürlich nicht«, versicherte Kapitän Sandolf. »Wir stehen zu diesem Vertrag und Sie werden so bald wie möglich die Dreharbeiten fortsetzen können. Dafür werde ich mich persönlich einsetzen.«

»Wer's glaubt, wird selig! Und dreimal dürft ihr raten, von wem die Beschwerde kommt.« Wütend kickte David mit dem Fuß gegen einen Eisbären. Der fiel um und landete mit der Schnauze hart auf dem Boden. Plastikteile splitterten. Eine Pfote war bei dem Sturz abgebrochen. »Dieser Feigling, wenn ich den erwische!«, zischte David.

Nach dem aufregenden Vormittag erreichte das Kreuzfahrtschiff nachmittags den Hafen von Mykonos. Kim, Franzi und Marie standen mit Tante Florentine am Bug. Weiß leuchteten ihnen die Häuser der Insel im Ägäischen Meer entgegen. Die fünf Windmühlen, das Wahrzeichen von Mykonos, konnte man schon von Weitem erkennen, weil sie sich auf der höchsten Stelle des sanft ansteigenden Hügels befanden. Die Sonne strahlte von einem dunkelblauen Himmel und es war wunderbar warm.
»Das perfekte Ausflugswetter!«, sagte Tante Florentine fröhlich.
Die Laune der *Boyzzzz* war nicht ganz so gut, aber Nick hatte beschlossen, das Beste aus der verfahrenen Situation zu machen. »Jetzt kann ich wenigstens auch an Land gehen und mit dir den Tag genießen, Schatz!«, sagte er zu seiner Frau.
Die anderen Bandmitglieder wollten ebenfalls die freie Zeit nutzen. Sie hatten noch Plätze im Bus bekommen, der auch die drei !!! und Tante Florentine zum Panagia-Turliani-Kloster bringen sollte. Das Männerkloster aus dem Jahr 1542 war berühmt für seinen schönen Glockenturm.
Langsam steuerte das Schiff den Hafen an. Dann war es endlich so weit: Die Passagiere konnten an Land gehen.

Ein komfortabler Reisebus stand bereit. Die drei !!! liefen auf den Bus zu. Plötzlich sagte David: »Wisst ihr was? Ich hab doch keine Lust, mit euch abzuhängen. Ich sehe mir die Insel lieber alleine an.«
Nick zuckte mit den Schultern. »Wie du willst.«
David ging zielstrebig zum Taxistand und stieg in einen Wagen ein. Die drei !!! überlegten nicht lange.
»Das ist eine super Idee!«, sagte Marie zu Kim und Franzi. »Wir nehmen uns auch ein Taxi. Wir sehen uns dann später beim Kloster, Tante Florentine, okay?«
»Stopp!«, rief Maries Tante energisch. »Ich lasse euch nicht alleine auf der Insel. Das kommt überhaupt nicht infrage.«
Kim warf ihr einen verschmitzten Blick zu. »Dann begleite uns!«
Tante Florentine lachte. »Na gut, warum eigentlich nicht?«
»Dann aber schnell!«, drängte Franzi.
Davids Taxi war bereits losgefahren. Die drei !!! stiegen rasch in den Wagen, der als nächster in der Schlange stand.
Marie schlug die hintere Tür zu und forderte den Fahrer in einer Mischung aus Englisch und lebhaften Gesten auf, dem Taxi vor ihnen zu folgen.
»All right!« Der Fahrer grinste breit und düste los.
Tante Florentine griff erschrocken nach dem Haltegurt. »Was habt ihr denn vor? Was soll das?«
Kim versuchte es geschickt zu erklären, ohne gleich Details der Ermittlungen preiszugeben. »Wir haben einen neuen Fall für unseren Detektivclub. An Bord sind ein paar merkwürdige Dinge passiert, zum Beispiel ...«
»Ich weiß schon! Ihr meint bestimmt die Sache mit der Pira-

tenpuppe. Und David hat damit etwas zu tun?«, hakte Tante Florentine neugierig nach.
»Das wissen wir jetzt noch nicht«, antwortete Franzi, was ja tatsächlich der Wahrheit entsprach.
Das Taxi raste durch die steilen, gepflasterten Straßen der Insel. Dem Fahrer schien die Verfolgungsjagd Spaß zu machen. Er legte sich wie ein Formel-1-Pilot in die Kurven und schaffte es, den Vorsprung von Davids Wagen aufzuholen. Es ging in Richtung Zentrum. Weiße Häuser mit Flachdächern und farbigen Holztüren rauschten an ihnen vorbei. Fußgänger sprangen erschrocken zur Seite, als sich die Autos mit dröhnenden Motoren näherten.
In einer noblen Einkaufsstraße stoppte Davids Taxi plötzlich. Der Fahrer der drei !!! trat so abrupt auf die Bremse, dass Kim in ihrem Gurt nach vorne gerissen wurde. »Das war knapp!«, stöhnte sie. Höchstens ein Zentimeter fehlte zwischen der Kühlerhaube und der Stoßstange des vorderen Wagens.
David stieg aus und zeigte dem Fahrer der Detektivinnen einen Vogel. »Pass das nächste Mal besser auf, Mann!«
Der Taxifahrer hob lachend die Schultern. Er verstand kein Deutsch.
David schien sich gar nicht zu wundern, dass Tante Florentine auf dem Beifahrersitz saß, oder er hatte sie nicht erkannt. Kim, Franzi und Marie hatten sich sofort hinter den Rückenlehnen weggeduckt.
Der Gitarrist schien mit seinen Gedanken weit weg zu sein. Er ging ein paar Schritte die Straße entlang und betrat nach kurzem Zögern einen Juwelierladen.

»Bezahlst du bitte für uns?«, fragte Marie ihre Tante. »Wir würden David gerne nachgehen und …«
Tante Florentine sah die Detektivinnen besorgt an. Dann lächelte sie. »Ist schon in Ordnung. Ich warte in dem Café da drüben. Aber passt auf euch auf und ruft mich sofort auf dem Handy an, wenn ihr Hilfe braucht.«
»Danke!«, rief Marie.
Die drei !!! sprangen aus dem Taxi und liefen zum Juwelier. Der Besitzer, ein älterer Mann im dunklen Anzug, nickte ihnen freundlich zu, als sie das vornehme Geschäft betraten. David hatte sie anscheinend nicht gehört. Im Laden lief ziemlich laut Opernmusik und der Gitarrist stand mit dem Rücken zu den Detektivinnen vor einem Glastisch.
Kim, Franzi und Marie stellten sich hinter einen Drehständer mit Ohrringen. Von dort konnten sie David gut beobachten. Er holte ein Schmuckstück aus seiner Umhängetasche und breitete es auf dem Glastisch aus. Es war ein Armband mit ovalen, grünen Steinen. Franzi zückte ihr Handy und schoss heimlich ein Foto.
»*That's very beautiful!*«, sagte der Besitzer.
Kim fand das Armband auch wunderschön. Die grünen Steine kamen ihr irgendwie bekannt vor. Plötzlich fiel es ihr wieder ein: Frau Gesche hatte bei der Show doch ein Collier mit genau den gleichen Steinen getragen, das ganz ähnlich verarbeitet war! Das konnte kein Zufall sein. Die Schmuckstücke gehörten offensichtlich zusammen.
Der Besitzer des Juwelierladens ließ das Armband staunend über seine Hand gleiten und bot David einen ziemlich hohen Preis dafür an.

Kims Gehirnzellen liefen inzwischen auf Hochtouren. Hatte David das Armband etwa von Frau Gesche geklaut? Das durfte ja wohl nicht wahr sein!
David nickte verblüfft. Mit so einem hohen Angebot hatte er anscheinend nicht gerechnet.
Der Besitzer war zufrieden, legte das Armband auf den Ladentisch zurück und griff bereits nach seinem Scheckbuch.
Doch auf einmal nahm David das Armband wieder an sich und schüttelte bedauernd den Kopf. *»I'm sorry.«* Er erklärte auf Englisch, dass er sich leider doch nicht von dem Schmuckstück trennen könne. Plötzlich hatte er es eilig und verabschiedete sich hastig.
Ohne die drei !!! zu bemerken, verließ David den Juwelierladen. Die Detektivinnen liefen ihm hinterher und passten ihn auf dem Gehsteig ab.
»Hallo, David! Wir würden gerne mit dir reden«, sagte Kim.
Der Gitarrist sah die drei !!! entgeistert an. »Was macht ihr denn hier? Ich hab keine Zeit für euren Kinderkram!«
»Das ist kein Kinderkram«, stellte Marie klar. »Es geht um eine Straftat.«
Kim, Franzi und Marie rückten näher und versperrten ihm den Weg.
Franzi sah den Gitarristen eindringlich an. »Es wäre wirklich gut, wenn du mit uns redest!«
»Was soll der Blödsinn? Weg da!« David fuhr blitzschnell seine Ellbogen aus, drängte die Detektivinnen zur Seite und rannte weg. Bei seinem überstürzten Aufbruch fiel etwas Weißes aus seiner Jackentasche und segelte zu Boden.
»Schnell, hinterher!«, rief Kim.

Franzi und Marie düsten los. Kim bückte sich und hob den Gegenstand auf, den David verloren hatte. Es war ein Papierheftchen. Kim steckte es in die Hosentasche und rannte ihren Freundinnen hinterher.
Drei Querstraßen weiter kamen ihr Franzi und Marie entgegen. »Du brauchst dich nicht zu beeilen«, sagte Franzi. »Er ist uns entwischt.«
Marie stöhnte. »So ein Mist! Die Gassen hier sind so eng und verwinkelt. Das ist das reinste Labyrinth.«
Kim war auch enttäuscht. Sie waren so nah dran gewesen, endlich Licht in den Fall zu bringen! Dann fiel ihr das Papierheftchen ein. »Kommt!«, sagte sie zu ihren Detektivkolleginnen. »Da drüben ist ein Stand mit kalten Getränken. Ich muss euch was zeigen.«

Rätselhafte Spuren

Marie drückte das kühle Glas an die erhitzte Wange. »Das ist jetzt genau das Richtige!«

»Und es schmeckt wirklich super!«, sagte Kim.

Der Besitzer des Getränkestands hatte ihnen das beliebte Erfrischungsgetränk der Insel empfohlen: Soumada. Marie wusste aus ihrem Reiseführer, dass es sich dabei um eine Mischung aus Mandelsirup und Orangenblütenwasser mit Eiswürfeln handelte.

Die drei !!! sahen sich das weiße Papierheftchen genauer an. Genau so eines hatten sie am Ankunftstag auch bekommen. Darin war ihre Bordkarte gewesen. Doch Davids Papierheftchen war leer. Die Bordkarte war nicht darin.

Kim runzelte irritiert die Stirn. »Auf dem Heftchen müsste die Kabinennummer 313 stehen, aber hier steht die 105.«

»Merkwürdig.« Franzi spielte mit ihrem Strohhalm. »Hat David nicht was von einem Umzug erzählt, als er mit der Chef-Stewardess gesprochen hat?«

Marie erinnerte sich sofort. »Ja! Er hat sich beschwert, dass er umziehen musste und dass seine neue Kabine so weit weg von den Zimmern seiner Bandkollegen ist.« Marie kramte in ihrer Handtasche. »Moment mal! Irgendwo müsste ich doch einen Übersichtsplan vom Schiff haben. Da ist er ja!« Sie faltete einen Plan auseinander, den sie als Lesezeichen zwischen die Seiten ihres Reiseführers gesteckt hatte. »Seht mal, da sind sämtliche Kabinen drauf.«

Gespannt beugten sich die drei !!! über den Plan.

»Kabine 105 ist in der gleichen Preis-Kategorie wie Kabine 313«, stellte Kim fest. »Sie scheint sogar größer zu sein, aber dafür ist es eine Innenkabine.«
»Da fällt mir noch was ein!«, rief Franzi aufgeregt. »Herr Gesche hat doch am Ankunftstag eine Außenkabine verlangt. Vielleicht ist die 313 gar nicht Davids Kabine, sondern die Gesches wohnen dort!«
Marie wickelte eine Haarsträhne um ihren Finger. »Könnte schon sein. Also falls das stimmen sollte, bedeutet das, wir haben David gestern gar nicht in seiner eigenen Kabine, sondern bei den Gesches gesehen!«
Kim gingen die Schlussfolgerungen ihrer Freundinnen ein bisschen zu schnell. »Wir dürfen keine voreiligen Schlüsse ziehen«, gab sie zu bedenken. »David könnte auch in eine ganz andere Kabine umgezogen sein. Aber was ich mir die ganze Zeit schon überlege, ist: Hat David vielleicht Geldprobleme? Dass seine Kreditkarte nicht akzeptiert wurde, ist schon sehr merkwürdig.«
Franzi sog mit dem Strohhalm den letzten Rest Soumada aus ihrem Glas. Als sie es abstellte, klirrten die Eiswürfel leise gegeneinander. »Da ist bestimmt was dran an deinen Vermutungen, Kim. Und was jetzt schon glaskar ist: Die drei !!! haben einen neuen Fall! Ihr wisst, was das bedeutet?«
Kim und Marie nickten. Immer wenn die drei !!! einen neuen Fall an Land gezogen hatten oder gerade besonders viel Energie bei ihren Ermittlungen brauchten, sagten sie gemeinsam den Power-Spruch auf.
Feierlich legten die Detektivinnen ihre Hände übereinander. Kim sagte: »Eins!«, Franzi »Zwei!« und Marie »Drei!«. Am

Schluss warfen sie gleichzeitig die Hände in die Luft und riefen laut: »Power!!!«

Geheimes Tagebuch von Kim Jülich
Mittwoch, 4:55 Uhr
An alle Landratten, Seeungeheuer und Klabautermänner: Wer unbefugt in meinem Tagebuch liest, den trifft der Fluch des einäugigen Piraten!
Um 7:00 Uhr werden wir die Inselgruppe Santorini erreichen. Warum ich schon so wahnsinnig früh wach bin? Ich hatte gerade so einen schrecklichen Traum. Ich hab geträumt, dass Michi sich noch mal von mir getrennt hat! Ich musste furchtbar weinen, und als ich endlich aufgewacht bin, war mein Kopfkissen ganz nass von meinen Tränen. Natürlich konnte ich danach nicht mehr schlafen. Also bin ich leise aufgestanden, um Franzi und Marie nicht zu wecken. Und jetzt sitze ich hier im leeren Frühstücksraum und versuche, mich auf unseren Fall zu konzentrieren. Hauptsache, meine Gedanken kreisen mal für ein paar Minuten nicht um Michi!

Detektivtagebuch von Kim Jülich
Mittwoch, 5:08 Uhr
Gestern nach dem Landgang haben Franzi, Marie und ich David an Bord gesucht, aber nicht gefunden. Entweder hat er die Zeit bis zum Auslaufen des Schiffes um 23:00 Uhr ausgereizt oder er hat sich irgendwo versteckt, um uns aus dem Weg zu gehen. In seiner Kabine war er auch nicht. Wir haben nämlich Nick und Bobby nach Davids Kabinennummer gefragt. Beide haben uns bestätigt, dass David umziehen musste in Kabine 105.

Angeblich, weil die Chef-Stewardess ihn wegen des Sonderwunschs von Herrn Gesche darum gebeten hat. Nick ist einerseits verärgert, andererseits macht er sich große Sorgen um David. Seit die Boyzzzz *auf dem Kreuzfahrtschiff sind, ist sein Bandkollege völlig durch den Wind. Nick tippt auf Liebeskummer. Marie, Franzi und ich lassen ihn fürs Erste in dem Glauben. Wir wollen mit unseren Ermittlungen erst weiter vorankommen. Hoffentlich erfahren wir bald mehr!*
Ich werde jetzt noch eine Runde alleine laufen. Wer hätte gedacht, dass mir Sport mal so viel Spaß machen würde? Alles, was mich ablenkt, ist gut!! Und vielleicht fällt mir ja beim Joggen irgendwas Verdächtiges auf. Auf jeden Fall werde ich mal meine Kamera mitnehmen.

Kurz darauf stand Kim in Laufhose, Windjacke und Stirnband an Deck. Die schmale, leichte Digitalkamera steckte sie in eine Innentasche ihrer Jacke. Draußen war es noch dunkel. Man konnte nicht richtig erkennen, wo das Meer aufhörte und der Himmel begann.
Kim lief los. Sie legte ein ordentliches Tempo vor, um warm zu werden, und wählte die Strecke, die sie bereits mit Hanno und der Gruppe zurückgelegt hatte. Die Runde führte einmal quer über das Oberdeck zum Bug des Schiffes. Kim gönnte sich keine Pause, obwohl sie schon bald Seitenstechen bekam. Sie lief lediglich ein bisschen langsamer, bis das Seitenstechen wieder verschwand.
Dann hatte sie ihr Ziel erreicht. Am Bug war der Wind noch stärker als auf dem übrigen Schiff. Kim breitete weit die Arme aus. Vor ihr lag nur noch das Meer. Wenn sie die Augen

zusammenkniff, war es fast so, als ob sie fliegen könnte. Wie Leonardo DiCaprio und Kate Winslet im Film *Titanic*. Die beiden waren so ein tolles Liebespaar. So wahnsinnig glücklich war Kim mit Michi auch einmal gewesen! Aber sie durfte nicht schon wieder an ihn denken. Kim drehte sich um, machte einen Ausfallschritt nach vorne und dehnte ihre Beinmuskeln. Als sie hochkam, um das andere Bein auch zu dehnen, sah sie plötzlich weit weg, am mittleren Deck in der Nähe des Hecks, ein flackerndes Licht. Es ging in einer bestimmten Reihenfolge an und wieder aus. Da waren sie wieder, die seltsamen Morsezeichen! Und die Botschaft war die gleiche wie vorgestern: *Ready*. Was hatte das bloß zu bedeuten?
Kim blickte auf ihre Armbanduhr und merkte sich die Zeit, damit sie die Info später an den Kapitän weitergeben konnte. Dann sah sie sich um und entdeckte an der Reling ein Fernrohr, das die Passagiere kostenlos benutzen durften, um bei der Einfahrt in einen Hafen die Sehenswürdigkeiten bewundern zu können. Kim stellte das Fernrohr so ein, dass es auf das mittlere Deck in der Nähe des Hecks zeigte, und sah hindurch. An der Schiffshülle, ganz nah am Wasserspiegel, fielen ihr zwei schwarze Streifen auf. Merkwürdig! Das Kreuzfahrtschiff war doch eigentlich außen ganz weiß. Kim hatte keine Zeit, sich darüber zu wundern. Sie schoss mehrere Fotos von der Stelle.
Die Morsezeichen erloschen. Jetzt wollte Kim endlich wissen, was da drüben los war! Sie rannte den langen Weg zurück, keuchte und bekam wieder Seitenstechen. Diesmal ignorierte sie die Schmerzen, biss die Zähne zusammen und lief weiter.

Auf dem Mitteldeck versuchte sie die schwarzen Streifen wiederzufinden, die sie im Fernrohr gesehen hatte. Aber es war wie verhext! Sie konnte die markante Stelle einfach nicht finden – auch keine Lichtquelle, von der die Signale hätten stammen können. Kim beugte sich über die Reling und suchte das Wasser ab. Ein paar stärkere Wellen schwappten gegen die Bordwand. Ansonsten gab es nichts Ungewöhnliches zu sehen.

Was sollte sie jetzt tun? Auf die Brücke gehen und den Kapitän informieren? Oder Franzi und Marie Bescheid geben? Während Kim noch die Nachricht in ihr Handy tippte, stoppten plötzlich die Schiffs-Maschinen. Kim erschrak. Sie waren doch noch gar nicht bei der Insel Santorini! Warum verlangsamte das Kreuzfahrtschiff auf offener Strecke die Fahrt? Da musste irgendetwas passiert sein!

Ein schrecklicher Verdacht

Gerade noch war Kim bis auf wenige Frühaufsteher in Sportkleidung alleine auf dem Mitteldeck gewesen. Jetzt befand sie sich mitten in einer Traube von aufgeregten Passagieren, einige davon noch in Bademänteln.

»Was ist los?« – »Warum haben die Maschinen gestoppt?« – »Was ist geschehen?«, riefen sie alle laut durcheinander.

Franzi und Marie, die Kims SMS bekommen hatten, liefen ihrer Freundin beunruhigt entgegen.

»Was hat das zu bedeuten?« Marie machte sich schnell mit einem Haargummi einen Pferdeschwanz. Auf ihr ausführliches Styling am Morgen hatte sie diesmal verzichten müssen.

»Das werden wir hoffentlich bald wissen«, antwortete Kim. Sie informierte Franzi und Marie leise darüber, dass sie vorhin wieder die Morsezeichen gesehen hatte.

Franzi nickte vielsagend. »Vielleicht hatte der Maschinen-Stopp etwas mit den Zeichen zu tun.«

Das Kreuzfahrtschiff wurde immer langsamer. Die drei !!! beobachteten von der Reling aus, wie es den Kurs änderte und ein Stück zurückfuhr. Kurz darauf tauchte am Himmel ein Hubschrauber auf. Er flog näher heran und kreiste über dem Schiff.

Kim sah sich nach den Frühaufstehern um. Ein junges Pärchen in Laufhosen und roten Windjacken tuschelte miteinander. Kim ging auf sie zu. »Guten Morgen! Wissen Sie zufällig, was hier los ist? Haben Sie irgendwas Auffälliges mitbekommen?«

Die Frau nickte eifrig. »Ja! Da war so ein seltsames Licht, vielleicht von einer Taschenlampe. Es hat immer wieder aufgeleuchtet, mal kurz und mal lang.«

»Ungefähr fünf Minuten später haben wir einen erstickten Schrei gehört und einen Aufprall auf dem Wasser. Wir glauben, da ist jemand über Bord gegangen!«

Kim bekam eine Gänsehaut. Sofort musste sie wieder an die Piratenpuppe denken. Ob der Mann mit seiner Vermutung recht hatte? Hoffentlich war diesmal nicht wirklich jemand ins Meer gefallen!

Franzi und Marie hatten von einem älteren Passagier eine ganz ähnliche Auskunft bekommen. Auch er hatte einen Schrei gehört.

Die drei !!! hatten fürs Erste genug in Erfahrung gebracht.

»Kommt, lasst uns zur Brücke laufen!«, schlug Franzi vor.

Gemeinsam rannten sie los.

Auf der Brücke herrschte eine Riesenaufregung. Niemand achtete auf Kim, Franzi und Marie.

Frau Gesche stand völlig aufgelöst vor Kapitän Sandolf und redete panisch auf ihn ein. Einen Satz wiederholte sie dabei immer wieder: »Mein Mann ist ins Wasser gefallen! Mein Mann ist ins Wasser gefallen! Mein Mann ist ins Wasser gefallen!«

Kapitän Sandolf versuchte sie zu beruhigen. »Keine Sorge! Wir tun alles, um Ihren Mann zu finden, Frau Gesche. Die Suche läuft schon auf Hochtouren. Sie sehen doch den Hubschrauber? Er kreist über uns und sucht mit dem Scheinwerfer das Wasser ab. Ich habe gerade veranlasst, dass Tenderboote ins Wasser gelassen werden. Und ich habe Zivilschiffe in der Nähe angefunkt, die sich an der Suche beteiligen werden. Außerdem ist ein Kollege der Küstenwache mit dem Motorboot unterwegs zu uns. Er wird an Bord eine umfassende Befragung durchführen.«

Frau Gesche war völlig verzweifelt. »Mein Mann kann nicht gut schwimmen. Er hat Angst vor tiefem Wasser!«

»Wir werden ihn bestimmt finden!«, versprach der Kapitän. »Unser Schiff wird erst mal nicht in den Hafen einlaufen. Wie gesagt, wir tun alles, was in unserer Macht steht. Notfalls suchen wir auch den ganzen Tag lang bis zum Einbruch der Dunkelheit.

Frau Gesche stöhnte auf. »So lange?? Aber da ist mein Mann ja längst ertrunken! Das … das ist …« Plötzlich gaben ihre Knie nach. Sie schwankte und wäre zu Boden gefallen, wenn der Kapitän sie nicht blitzschnell aufgefangen hätte.

»Alles gut, Frau Gesche, ich halte Sie! Ihnen kann nichts passieren.« Der Käpten wandte sich an seine Offiziere. »Funken Sie sofort Doktor Frank an!«

»Bin schon da!« Der Schiffsarzt eilte mit seinem Arztkoffer herbei. Sanft legte er den Arm auf die Schulter von Frau Gesche. »Hallo, ich bin Dr. Frank. Ich werde mich jetzt um Sie kümmern und bringe Sie in den Sanitätsraum. Der Raum ist gleich neben der Brücke. Kommen Sie, Frau Gesche, Sie können sich bei mir aufstützen. Das schaffen Sie.«

Die Offiziere traten zur Seite, um den Schiffsarzt durchzulassen. Auch die drei !!! wichen ein Stück zurück.

»Mir … ist so schwindelig«, flüsterte Frau Gesche.

»Ja, das ist ganz normal«, sagte Dr. Frank. »Sie haben einen Schock. Ich gebe Ihnen gleich ein Mittel zur Beruhigung.

Danach können Sie sich im Sanitätsraum ausruhen, solange Sie wollen.«
Der Arzt und Frau Gesche verließen die Brücke.
»Wisst ihr, was toll wäre?«, flüsterte Kim Franzi und Marie zu. »Wenn wir Frau Gesche alleine befragen könnten.«
Marie grinste. »Wartet mal! Ich hab eine Idee.« Marie zwinkerte ihren Detektivkolleginnen verschwörerisch zu. Dann presste sie plötzlich eine Hand vor den Mund und die andere auf den Bauch. Dabei krümmte sie sich, als ob sie schreckliche Schmerzen hätte.
»Was ist denn mit dir? Geht es dir nicht gut?«, fragte einer der Offiziere besorgt. Erst jetzt wurde die Mannschaft auf die drei !!! aufmerksam.
Marie krümmte wieder ihren Oberkörper. »Mir … ist … soooo schlecht!«
»Kein Wunder bei der Aufregung hier«, sagte der Offizier mitfühlend. »Und dann noch der Seegang. Am besten gehst du mit deinen Freundinnen auch in den Sanitätsraum. Dr. Frank kann dir ein Mittel gegen Seekrankheit geben.«
»Dan…ke!«, brachte Marie mühsam hervor. Sie war ganz blass um die Nase geworden.
Kim betrachtete sie bewundernd von der Seite. Marie konnte wirklich wahnsinnig gut schauspielern! Wenn sie ihre Freundin nicht kennen würde, hätte sie ihr auch sofort geglaubt.
Franzi bot Marie ihren Arm an. »Komm, gleich wird es dir besser gehen!«
»Ganz bestimmt«, fügte Kim so ernsthaft wie möglich hinzu.
Franzi und Kim nahmen Marie in die Mitte und führten sie

in den Sanitätsraum. Dort lag Frau Gesche mit einer Wolldecke auf einer Liege. Dankbar sah sie den Schiffsarzt an. »Sie kümmern sich so lieb um mich, das tut gut.«
Dr. Frank wehrte ab. »Das ist doch selbstverständlich. Jetzt ruhen Sie sich schön aus.« Als der Schiffsarzt sich umdrehte, fiel sein Blick auf Marie. »Seekrank?«, fasste er seine Diagnose mit einem Wort zusammen.
Marie nickte hinter der Hand, die sie immer noch vor ihren Mund gepresst hielt.
Dr. Frank holte ein Tablettenröhrchen aus seinem Arztkoffer und gab Marie eine weiße, kleine Pille. »Setz dich hier auf den Stuhl und nimm das mit einem Schluck Wasser. Keine Sorge, es ist ein pflanzliches Medikament, das speziell für Kinder entwickelt wurde. Gute Besserung!«
Marie tat so, als würde sie die Pille schlucken. In Wirklichkeit behielt sie die weiße Tablette in ihrer geschlossenen Hand und ließ sie in ihrer Hosentasche verschwinden.
Dr. Frank griff nach seinem Arztkoffer. »Leider muss ich noch dringend zu einem anderen Patienten, aber ich werde in einer Viertelstunde wieder vorbeischauen. Kommt ihr kurz ohne mich zurecht?« Die Frage war an Kim und Franzi gerichtet.
»Klar, kein Problem«, versicherte Kim. »Wir passen auf die beiden Patientinnen auf.«
Der Schiffsarzt nickte erfreut und verließ den Sanitätsraum. Die drei !!! konnten es kaum glauben: Ihr Plan war aufgegangen! Nicht mal Dr. Frank hatte Verdacht geschöpft.
Marie rieb sich über den Bauch. »Aaah!«, rief sie erleichtert aus. »Das gibt's nicht! Mir ist gar nicht mehr schlecht.«

Franzi grinste. »Das ist ja toll! Dieser Dr. Frank scheint ein Wunderarzt zu sein.«
»Das ist er wirklich«, bestätigte Frau Gesche. Sie winkte Kim, Franzi und Marie zu sich her. »Wollt ihr mir ein bisschen Gesellschaft leisten? Das wäre nett.«
Die drei nahmen sich Stühle und setzten sich zu Frau Gesche.
»Wir haben gehört, dass Ihr Mann ins Wasser gefallen ist«, sagte Franzi mitfühlend. »Das ist ja furchtbar! Wir drücken Ihnen ganz fest die Daumen, dass man ihn bald findet. Hoffentlich geht es ihm gut.«
Frau Gesche hatte sofort wieder Tränen in den Augen.
Kim holte tief Luft. Sie musste die Frage stellen, die ihr schon die ganze Zeit keine Ruhe ließ: »Wie konnte das denn bloß passieren? Ist Ihr Mann gestürzt und ausgerutscht? Wie ist er überhaupt ins Wasser gefallen?«
Frau Gesche zögerte mit ihrer Antwort. »Ich weiß nicht, ob ich das sagen soll. Ich möchte auf keinen Fall jemanden damit belasten.«
Die drei !!! sahen sich verwundert an. Was wollte Frau Gesche damit andeuten?
»Das tun Sie bestimmt nicht«, sagte Marie rasch. »Was ist denn genau passiert? Bitte erzählen Sie es uns! Ihr Mann kann dadurch vielleicht schneller gerettet werden!«
Frau Gesche richtete sich ein wenig auf und strich nervös die Fransen der Wolldecke glatt. »Stimmt, ihr seid ja Detektivinnen! Ich hab immer noch eure schöne Karte. Also … vielleicht ist mein Mann gar nicht ausgerutscht, vielleicht war es anders. Aber ich bin mir wirklich nicht sicher.«

Kim lief es eiskalt den Rücken hinunter: kein Unfall? Sofort galoppierten ihre Gedanken weiter: Wurde Herr Gesche etwa von jemandem hinuntergestoßen? Aber wer könnte so was Schreckliches tun?

Frau Gesche erzählte weiter: »Ich bin früh aufgewacht und konnte nicht mehr einschlafen. Das Bett neben mir war leer. Ich habe mir Sorgen gemacht und nach meinem Mann gesucht. Endlich hab ich ihn auf dem mittleren Deck gefunden. Er war nicht allein. Er und dieser Gitarrist David haben sich sehr laut unterhalten. Ich glaube, sie haben sich gestritten.«

»Worüber denn?«, hakte Franzi nach. »Ging es wieder um den Videodreh?«

Es fiel Frau Gesche sichtlich schwer weiterzureden. »Das habe ich nicht genau verstanden, weil der Wind so stark geweht hat. Auf jeden Fall habe ich nach meinem Mann gerufen, aber er hat nicht reagiert. Da bin ich sofort los. Ich musste an einer Säule vorbei und … plötzlich habe ich einen erstickten Schrei gehört und kurz danach einen Aufprall auf dem Wasser! Als ich wieder was sehen konnte, war nur noch David an der Reling. Ich habe nach ihm gerufen, aber er ist einfach weggelaufen. Das war so schrecklich!«

Kim war geschockt. Die drei !!! sahen sich wie erstarrt an und wussten nicht, wie sie reagieren sollten.

Marie sprach den Verdacht aus, der alle bedrückte. »Sie meinen, dass David Ihren Mann absichtlich ins Wasser gestoßen haben könnte?«

»Nein, nein!«, wehrte Frau Gesche heftig ab. »Das wollte ich damit überhaupt nicht sagen. Wahrscheinlich nehme ich diesen Streit viel zu ernst. Es könnte alles Mögliche passiert sein. Ich habe es ja nicht gesehen. Vielleicht war es ein Unfall. Ich will David auf keinen Fall in Schwierigkeiten bringen! Er ist ein toller Musiker und so ein sympathischer Mensch.«

Kim hätte so gerne an einen Unfall geglaubt. Aber sie kannte David und sein hitziges Temperament schon länger. Es sprach einiges gegen ihn. Andererseits: Wäre er wirklich zu solch einem schlimmen Verbrechen fähig? Kim konnte und wollte es nicht glauben.

Franzi fiel plötzlich etwas ein. »Vermissen Sie eigentlich ein Armband mit grünen Steinen, das zu Ihrem Collier passt?«

Frau Gesche nickte. »Ja! Das hab ich schon vor der Show von Ilias und Ikaros vergeblich gesucht. Deshalb war ich auch so aufgelöst, als wir uns morgens getroffen haben. Ich habe gleich beim Kapitän Anzeige gegen unbekannt erstattet. Ich habe unser Zimmermädchen in Verdacht. Sonst hat ja niemand Zutritt zu unserer Kabine.«

Es fiel Kim nicht leicht, zu sagen was sie jetzt sagen musste: »Frau Gesche, Sie sollten der Küstenwache alles berichten, was Sie uns gerade erzählt haben. Das ist wirklich wichtig.«

Frau Gesche wurde blass. Die Fransen der Wolldecke glitten aus ihren Fingern. Sie begann am ganzen Körper zu zittern und ihre Augenlider flatterten. Dann wurde sie ohnmächtig.

»Schnell! Wir müssen den Arzt rufen!«, rief Marie.

In diesem Moment kam Dr. Frank in den Sanitätsraum. Er wusste sofort Bescheid, was los war. »Ein zweiter Schwächeanfall. Frau Gesche, können Sie mich hören?« Der Schiffsarzt berührte die Wange der Patientin.

Langsam schlug Frau Gesche die Augen auf. »Dr. Frank! Wie schön, dass Sie wieder da sind.«
Die drei !!! waren erleichtert. Frau Gesche schien sich rasch zu erholen und sie war bei Dr. Frank in den besten Händen.
Da klopfte es an der Tür. Ein hochgewachsener Mann im weißen Hemd mit Polizei-Abzeichen am Oberarm trat ein. »Sie müssen Frau Daniela Gesche sein. Ich hätte da ein paar Fragen an Sie. Lasst uns bitte allein«, wandte er sich an Kim, Franzi und Marie.
Die drei !!! verließen wie betäubt den Sanitätsraum.
Jetzt erst begriff Kim, was das alles bedeutete. »David hat ein starkes Motiv«, sagte sie zu ihren Detektivkolleginnen. »Ich vermute, er ist in finanziellen Schwierigkeiten. Vielleicht wurde seine Kreditkarte hier an Bord deshalb nicht akzeptiert, weil die Bank sie gesperrt hat? Er könnte sein Konto überzogen haben.«
»Das hab ich mir auch schon gedacht«, sagte Marie. »Und dann hat Herr Gesche auch noch den Dreh gestoppt und damit die Kosten für den Videoclip weiter in die Höhe getrieben. Jede Unterbrechung an einem Filmset kostet viel Geld, das weiß ich von meinem Vater. Die Kulisse muss abgebaut und wieder neu aufgebaut werden, die ganze Technik und so weiter. Der Dreh dauert dann meistens länger als geplant, die Filmcrew muss weiter bezahlt werden …«
Franzi machte ein ernstes Gesicht. »Das würde auch erklären, warum David heute Morgen im Streit mit Herrn Gesche so ausgeflippt ist.«
Die drei !!! traten an Deck. Vor der Brücke hatte sich eine Schar neugieriger Passagiere versammelt. Auch Tante Flo-

rentine, Eva und die *Boyzzzz* waren da. Die Nachricht, dass Herr Gesche über Bord gegangen war, hatte sich wie ein Lauffeuer auf dem Schiff verbreitet.

Kim sah David prüfend in die Augen. Er hatte gerade erfahren, was passiert war, und wirkte ehrlich bestürzt.

»Der arme Herr Gesche! Hoffentlich ist ihm nichts passiert!«, sagte David.

»Ich dachte, du kannst ihn nicht leiden«, stichelte Nora.

David warf der Backgroundsängerin einen verärgerten Blick zu. »Darum geht es doch jetzt gar nicht! Wenn ein Mensch verunglückt, ist das einfach nur schrecklich, egal um wen es sich handelt.«

Nick stimmte dem Gitarristen zu. »Das sehe ich ganz genauso.«

Die Bandkollegen waren sich ausnahmsweise einig.

Die Passagiere unterbrachen ihre Gespräche. Eine beklemmende Stimmung machte sich breit, während der Rettungshubschrauber über ihren Köpfen kreiste und der Kapitän über Lautsprecher Anweisungen an seine Mannschaft gab.

»Ich würde so gerne etwas tun!«, sagte Tante Florentine leise. »Ich ertrage das nicht, dass wir hier nur herumstehen und so hilflos sind.«

Eva drückte ihre Hand. »Sie werden ihn schon finden, ganz bestimmt! Das sind schließlich Profis.«

Auf einmal teilte sich die Gruppe der Passagiere. Der Beamte der Küstenwache erschien an Deck und sah sich suchend um. »Ist hier ein David Brandner? Ich muss ihn dringend befragen.«

David wurde bleich. Er beugte sich zu Franzi hinunter und

flüsterte ihr ins Ohr: »Bitte helft mir! Ich hab das Armband zurückgebracht. Es liegt im Postfach der Gesches an der Rezeption.«
Bevor Franzi antworten konnte, ging David auf den Beamten zu. »Ich bin David Brandner.« Seine Stimme war erstaunlich ruhig.
»Bitte kommen Sie mit«, sagte der Beamte der Küstenwache. Die beiden Männer verließen das Deck. Sofort redeten die Passagiere wieder aufgeregt durcheinander.
Die drei !!! zogen sich an den Rand zu einer kurzen Beratung zurück. »Lasst uns sofort zur Rezeption gehen«, schlug Franzi vor. »Wenn David unschuldig ist, müssen wir ihm helfen!«
Darin waren sich die Detektivinnen einig: Niemand durfte einfach so verdächtigt werden. Dazu brauchte es schon wirklich handfeste Beweise.
Als die drei !!! kurz darauf bei der Rezeption eintrafen, stand gerade niemand hinter dem Tresen.
Marie holte dünne Gummihandschuhe aus ihrer Tasche und zog sie rasch an. »Wartet! Ich seh mal im Postfach nach. Wie war noch gleich die Kabinennummer?«
»313«, sagte Kim wie aus der Pistole geschossen. Die Nummer war in ihrem Gehirn für immer eingebrannt. Michis Geburtstag würde sie garantiert nie vergessen.
Marie ging die lange Reihe der Postfächer ab. Jetzt hatte sie die 313 gefunden. Im Fach lag tatsächlich etwas: ein brauner DIN-A4-Umschlag. Marie nahm ihn in die Hand und spähte neugierig hinein. »Da ist das Armband drin!«, rief sie triumphierend.
»Achtung, da kommt jemand!«, zischte Kim.

Blitzschnell legte Marie den Umschlag in das Postfach zurück. Dann lief sie zurück zu Kim und Franzi.
Die Stewardess hatte leider trotzdem gesehen, dass Marie hinter dem Tresen gewesen war. »Was hattest du da zu suchen?«, fragte sie streng.
Marie streifte heimlich hinter ihrem Rücken die Gummihandschuhe ab. »Entschuldigen Sie bitte! Das ist mir wahnsinnig peinlich. Wissen Sie, ich bin das erste Mal auf einem Kreuzfahrtschiff. Es ist alles so spannend und toll hier. Am liebsten würde ich mich überall umsehen.« Marie las das Namensschild, das die junge Stewardess an ihrer Bluse befestigt hatte. »Es tut mir wirklich total leid, Alina! «
Die Stewardess war besänftigt. Kim fiel auf, dass sie noch sehr jung war, höchstens 18 oder 19 Jahre.
»Freut mich, dass es dir so gut bei uns an Bord gefällt.« Alina musterte Kim, Franzi und Marie und stutzte. »Seid ihr nicht die Mädchen, die beim Videoclip der *Boyzzzz* mitmachen dürfen?«
»Ja, das sind wir«, antwortete Kim bescheiden.
Alina klatschte begeistert in die Hände. »Das ist sooo cool! Ich bin nämlich ein Riesenfan von den *Boyzzzz*. Stellt euch vor, heute Morgen hatte ich wahnsinnig Glück: David kam ganz früh zu mir an die Rezeption! Wir haben uns richtig lange unterhalten. Er ist total nett, überhaupt nicht eingebildet oder so.«
Franzi lächelte höflich. »Das ist ja wirklich toll, aber wir müssen jetzt leider wieder los. War nett, mit Ihnen zu plaudern.«
Die drei !!! verabschiedeten sich rasch und gingen zum Früh-

stücksraum. Auf dem Weg dorthin lief Kims Gehirn auf Hochtouren. Sie versuchte sich an alle Einzelheiten zu erinnern, die sie am frühen Morgen beim Laufen gesehen hatte. Plötzlich fielen ihr wieder die Morsezeichen ein. Sie erzählte Franzi und Marie davon, die gespannt zuhörten.

»Seltsam!«, meinte Marie. »Das ergibt keinen Sinn. Meint ihr, David hat die Morsezeichen gesendet? Oder der andere Mann, den wir abends auf dem Deck über uns gehört haben? Aber falls es tatsächlich David war: Warum hätte er im Streit mit Herrn Gesche noch Morsezeichen senden sollen? Daran denkt man in so einem Moment doch nicht. Und wozu dieses *Ready*? An wen hätte er es überhaupt schicken sollen?«

Kim seufzte. »Wenn wir das wüssten! Aber das finden wir schon noch heraus, verlasst euch drauf!«

Rätsel gelöst

Abends, kurz vor 20 Uhr, steuerte das Kreuzfahrtschiff den Hafen von Santorini an. Die drei !!! standen am Bug und starrten auf die Umrisse der ringförmigen Inselgruppe, die langsam näher kam. Dunkel und bedrohlich ragten die schroffen Felswände des Vulkans empor. Oben konnte man eine Ansammlung beleuchteter Häuser erkennen. Wie Irrlichter schwebten sie über dem Abgrund.
Kim hatte ihre Jacke vergessen und fror in ihrem Pulli, aber es machte ihr nichts aus. Die Insel war wirklich total beeindruckend. Wie gut, dass sie auf die Kreuzfahrt mitgefahren war! Sonst hätte sie das alles nicht erlebt.
»Schon unheimlich, so ein Vulkan«, murmelte Marie. »Er ist schon seit Jahrzehnten nicht mehr aktiv, aber es treten immer noch heiße Lava und Gase aus den Kratern aus. Die Wissenschaftler gehen davon aus, dass es irgendwann in der Zukunft wieder einen großen Ausbruch gibt, der alles zerstören wird.«
»Hör bloß auf mit diesen düsteren Vorhersagen!«, stöhnte Franzi. »Die ziehen uns nur noch mehr runter. Wir haben wirklich schon genug Sorgen.«
Bei Einbruch der Dunkelheit hatte Kapitän Sandolf die Zivilschiffe, die nicht zur Küstenwache gehörten, entlassen und die Suche nach Herrn Gesche vorläufig unterbrochen. Nachts waren die Chancen auf Erfolg einfach zu gering. Nun erstellte die Küstenwache Strömungsmodelle, um zu berechnen, wo sich der Vermisste gerade befinden müsste

und wo man am nächsten Morgen weiter nach ihm suchen sollte. Ab jetzt ging die Sache in den Verantwortungsbereich der Küstenwache von Santorini über.

Frau Gesche war noch verzweifelter als am Vormittag. Sie hatte den ganzen Tag kaum etwas gegessen und sich vor Kurzem in ihre Kabine zurückgezogen, um ihre Koffer zu packen. Noch heute Abend würde sie an Land gehen. Der Beamte von der Küstenwache hatte sie gebeten, als Kontaktperson auf Santorini zu bleiben, falls ihr Mann gefunden wurde.

Kim war der Appetit auch gründlich vergangen. Es war tatsächlich all das eingetreten, was die drei !!! befürchtet hatten: David stand unter dringendem Tatverdacht, Herrn Gesche ins Wasser gestoßen zu haben. Zwar hatten sie zu seiner Entlastung von Alina erzählt, einer Zeugin, die David möglicherweise ein Alibi für die Tatzeit geben konnte. Leider hatte das den Beamten der Küstenwache wenig beeindruckt. Er nahm sie nicht richtig ernst, bloß weil sie Kinder waren. Doch auch der Protest der Bandmitglieder und der Einsatz von Eva und Regisseur Fabian hatten nichts gebracht. David war trotzdem ins Polizeipräsidium von Santorini gebracht worden.

Marie steckte ihren Reiseführer zurück in die Handtasche. »Ich dachte, das interessiert euch. Aber bitte, dann behalte ich eben mein Wissen für mich!«

»Sei nicht beleidigt«, sagte Kim. »Das Timing ist gerade nicht so gut. Wir müssen sowieso gleich los. Sonst verpassen wir das Kapitänsdinner.«

Heute Abend würde Kapitän Sandolf die Gäste persönlich

begrüßen und vor dem Essen zu einem Empfang im Foyer einladen. Marie erzählt, dass das Kapitänsdinner der Höhepunkt einer Kreuzfahrt war, dem viele Passagiere schon am Anfang der Reise entgegenfieberten.

Das wollte sie natürlich nicht verpassen. Sie hatte extra ihr schönstes Kleid angezogen: einen Traum aus fließender, fliederfarbener Seide mit einer großen Schleife auf der rechten Schulter.

»Na gut«, lenkte sie ein. »Dann lassen wir den Kapitän nicht warten!«

Als die drei !!! ins Foyer kamen, waren bereits fast alle Passagiere versammelt. Die ernsten Gesichter standen im seltsamen Kontrast zu den glitzernden Abendroben. Kim, Franzi und Marie nahmen sich Fruchtcocktails vom Büffet und stellten sich zu Tante Florentine an einen der weißen Bistrotische.

Kapitän Sandolf ging herum und schüttelte jedem Gast die Hand. »Freut mich sehr, dass Sie an Bord sind!«, sagte er oder: »Schön, dass wir Sie bei uns an Bord haben!« So lächelte er auch die drei !!! an. Kim fiel auf, dass der Käpten dunkle Ringe unter den Augen hatte. Kein Wunder nach einem so aufreibenden Tag.

Nach der Begrüßungsrunde reichte die Chef-Stewardess dem Kapitän das Mikrofon.

Der erhob sein Glas auf die Gäste. »Herzlich willkommen beim Kapitänsdinner! Ich wünsche uns einen schönen Abend, auch wenn es vielen von Ihnen heute sicher nicht leichtfallen wird, unbeschwert zu feiern. Ich versichere Ihnen, dass die Suche nach Herrn Gesche weiterläuft. Die Polizei von Santorini wird alles tun, was in ihrer Macht steht. Lassen Sie uns darauf trinken, dass Herr Gesche gesund und wohlbehalten gerettet werden wird!«

Schweigend erhoben die Passagiere ihre Gläser und tranken ein paar Schlucke. Dann redete Kapitän Sandolf weiter: »Unsere Fahrt hat sich durch die heutige Suchaktion verzögert. Wir werden unsere Route ändern, damit wir den Zeitplan einhalten können und pünktlich in Venedig eintreffen werden. Leider bleibt keine Zeit für den geplanten Landgang auf Santorini. Auch die griechische Insel Argostoli können wir nicht mehr anfahren. Das bedauere ich sehr, und ich bitte Sie dafür vielmals um Entschuldigung!«

Niemand beschwerte sich. Die meisten Passagiere nickten verständnisvoll, nur wenige sahen enttäuscht aus.

Der Kapitän stellte sein leeres Glas auf dem Bistrotisch ab. »Unser Schiff wird in ein paar Minuten weiter nach Dubrovnik fahren und dort am Freitag gegen 15 Uhr eintreffen. Eine gute Nachricht habe ich noch: Am Donnerstag laden wir Sie zu einer Show mit freiem Eintritt ein. Es ist mir gelungen, die unvergleichlichen Trapezkünstler *Ilias & Ikaros* für eine weitere Vorstellung zu gewinnen. Die Artisten werden mit dem Hubschrauber eingeflogen.«

Für seine Ankündigung erntete Kapitän Sandolf nur schwachen Applaus. Die Passagiere waren immer noch viel zu bestürzt, um sich richtig freuen zu können.

»Jetzt habe ich aber genug geredet«, beendete der Käpten seine Ansprache. »Ich wünsche Ihnen nun viel Freude beim Kapitänsdinner! Die Tische sind festlich gedeckt und die Köche möchten Ihnen ihre köstlichen Kreationen servieren.

Genießen Sie den Abend. Sie dürfen jetzt gerne Ihre Plätze einnehmen.«
Die drei !!! gingen mit Tante Florentine und den *Boyzzzz* in den Speisesaal hinüber. Die Bandmitglieder waren alle sehr bedrückt und wie vor den Kopf gestoßen.
»Ich kann nicht glauben, dass David so was Schlimmes getan haben könnte«, sagte Schlagzeuger Joe.
»Ich auch nicht.« Nick, der sonst immer gute Laune und Optimismus versprühte, sprach seine Gefühle offen aus: »David tut mir so leid! Auf einmal ist alles so unwichtig: dass wir uns gestritten haben, dass wir öfter anderer Meinung sind, was die Songs und den Videodreh angeht. Ich wünsche ihm, dass er ganz bald wieder freikommt und seine Unschuld beweisen kann.«
Fabian nickte. »Ich glaube auch fest daran, dass David unschuldig ist. Aber er braucht einen guten Anwalt. Wenn ihr wollt, kümmere ich mich gerne darum.«
»Danke, das ist lieb von dir«, sagte Bobby.
Die drei !!! gingen mit Tante Florentine, Eva, Fabian und den *Boyzzzz* in den Speisesaal. Der war heute besonders schön geschmückt. Auf jedem Tisch prangte in der Mitte ein üppiges Blumengesteck. Die Ober servierten die Vorspeise: eine duftende Karottensuppe mit Kokos und Ingwer. Kim hatte immer noch keinen großen Appetit. Sie bekam von dem leckeren Fünf-Gänge-Menü nicht viel mit. Die ganze Zeit wartete sie darauf, dass sich die drei !!! endlich zu einer Besprechung zurückziehen konnten.
Als die Erwachsenen einen Espresso bestellten und der Barpianist zu spielen begann, verabschiedeten sich Kim, Franzi

und Marie und gingen hinüber in die Bibliothek. Zwischen den hohen Regalwänden gab es gemütliche Ledersessel und Leselampen mit grünen Schirmen. Sie hatten den großen Raum für sich allein. Rasch schoben sie drei Sessel zusammen und gingen den Fall noch einmal haarklein durch.

»Ich hab ein komisches Gefühl im Bauch«, fing Franzi an. »Je länger ich darüber nachdenke, umso weniger glaube ich, dass David Herrn Gesche ins Wasser gestoßen hat.«

»Das glaube ich auch nicht«, stimmte Marie zu. »Aber ganz unschuldig ist er nicht: Ich hab übrigens herausgefunden, dass wir David tatsächlich in der Kabine der Gesches überrascht haben. Sie haben in 313 gewohnt. Das hat mir Hanno bestätigt. Ich hab den Lauftrainer vor dem Abendessen getroffen und ihn ein bisschen über die Gesches ausgehorcht. Er war einmal in ihrer Kabine, weil er Frau Gesche einen Prospekt mit dem Sportprogramm an Bord vorbeigebracht hat.«

Kim rutschte aufgeregt an den vorderen Rand ihres Ledersessels. »Das bedeutet, David hat wahrscheinlich vor unseren Augen das grüne Armband von Frau Gesche gestohlen und vielleicht auch noch Bargeld mitgenommen! Das würde seine dicke Brieftasche erklären. Aber der Diebstahl führt uns nicht weiter. Was steckt hinter den Morsezeichen? Und warum haben die zwei unbekannten Männer damals an Deck über Koordinaten gesprochen? Irgendetwas stimmt bei diesem Fall nicht!« Kim zog ihre Digitalkamera aus der Handtasche. Sie musste ihren Freundinnen unbedingt die Fotos zeigen, die sie heute Morgen gemacht hatte.

Die drei !!! beugten sich über den kleinen Monitor der Kamera. Kim hatte sich nicht getäuscht: Die schwarzen Streifen am Rumpf des Kreuzfahrtschiffs waren deutlich zu erkennen.

»Aber warum hab ich die Streifen später nicht mehr gefunden? Das verstehe ich nicht!«, fragte Kim.

»Zeig mal her.« Franzi nahm Kim die Kamera kurz aus der Hand. »Moment mal! Die schwarzen Streifen sind gar nicht am Rumpf von unserem Schiff, die gehören zu einem Boot!«

»Was?« Kim fiel aus allen Wolken. Sie zoomte den entsprechenden Ausschnitt des Fotos größer. Es stimmte! Ganz nah am Kreuzfahrtschiff befand sich ein Schlauchboot, so nah, dass die beiden Objekte auf den ersten Blick miteinander verschmolzen.

»Merkwürdig! Das ist aber kein Rettungsboot vom Kreuzfahrtschiff«, stellte Marie fest. »Die sind nämlich sehr viel größer.«

Die drei !!! betrachteten das Schlauchboot in allen Einzelheiten. Es war silbergrau mit schrägen schwarzen Streifen links und rechts und bot Platz für vier bis fünf Personen. Am Heck konnte man einen Außenbordmotor erkennen. Zwei vermummte Gestalten mit Kapuzenpullis saßen im Boot. Am Bug waren Zahlen zu sehen.

»Das muss so eine Art Nummernschild des Bootes sein«, vermutete Franzi.

Kim kritzelte die Zahlen in ihren Notizblock. Dann gingen sie langsam und sorgfältig Foto für Foto durch. Kim machte dabei eine zweite erstaunliche Entdeckung. »Seht nur! Bei den ersten beiden Aufnahmen ist das Schlauchboot noch da und bei den letzten Fotos ist es plötzlich weg.«

Franzi sprang auf und lief vor den Bücherregalen unruhig hin und her. »Dafür muss es einen Grund geben! Wer hat in dem Boot gesessen? Und was wollte derjenige beim Kreuzfahrtschiff? Was ist da eigentlich passiert?«
Marie seufzte. »Ich glaube nicht, dass wir das heute Abend noch herausfinden werden. Lasst uns morgen weitermachen, es ist schon so furchtbar spät.«
Erst jetzt merkte Kim, wie müde sie war. Kein Wunder, ein langer, anstrengender Tag lag hinter ihr. »Gute Idee«, sagte sie. »Was haltet ihr davon, wenn wir morgen noch mal mit Alina reden? Sie hat doch davon gesprochen, dass sie sich sehr lange mit David unterhalten hat. Vielleicht war er zur Tatzeit ja bei ihr und wir könnten womöglich sogar sein Alibi überprüfen.«
Franzi stoppte ihre Runden und blieb vor Kim und Marie stehen. »Ja, klar! Warum fällt uns das jetzt erst ein? Darauf hätten wir heute Morgen auch schon kommen können!«

Der Pirat

»Entschuldigt bitte.« Alina ließ schnell ein Croissant hinter dem Tresen verschwinden. »Ich hatte heute noch keine Zeit zum Frühstücken. Wie kann isch euch helfen?«, nuschelte sie und schluckte den letzten Bissen hinunter.

Die drei !!! waren auch noch nicht im Frühstücksraum gewesen. Gleich nach dem Aufstehen hatten sie sich auf den Weg zur Rezeption gemacht.

Kim ignorierte das leise Knurren ihres Magens. »Wir wollten dich noch mal was zu deinem Gespräch mit David fragen. Wann ist er denn gestern bei dir aufgetaucht? Weißt du noch die Uhrzeit und wie lange ihr euch unterhalten habt?«

Normalerweise waren Zeugen mit einer solchen Frage überfordert. Das hatten die drei !!! bei früheren Fällen schon oft erlebt. Schließlich sah kein Mensch dauernd auf die Uhr.

Alina überraschte die Detektivinnen. Sie musste nicht mal nachdenken. »David kam um Viertel nach fünf zu mir an die Rezeption und um zehn vor sechs ist er wieder gegangen. Das hab ich mir genau gemerkt. Diese 35 Minuten in meinem Leben werde ich garantiert nie vergessen!«

»Danke.« Kim tippte die Zeitspanne rasch in ihr Handy.

Alina betrachtete die drei !!! neugierig. »Warum wollt ihr das wissen? Habt ihr was von David gehört? Es tut mir so leid, dass er zur Polizei musste. Er ist doch bestimmt unschuldig.«

Die Gerüchteküche an Bord brodelte anscheinend gewaltig. Mittlerweile schien jeder von der Crew und den Passagieren Bescheid zu wissen, was mit David passiert war.

»Wir haben leider nichts von David gehört«, antwortete Marie ausweichend. »Fabian, der Regisseur vom Videoclip der *Boyzzzz,* hat uns das gefragt. Keine Ahnung, warum.«
»Ist das alles nicht total furchtbar?« Alina stützte sich mit den Ellenbogen auf den Tresen und wollte die drei !!! offenbar in ein längeres Gespräch verwickeln.
Franzi überlegte sich gerade eine höfliche Ausrede, als eine Gruppe älterer Damen auftauchte, die nach Ausflugstipps für Dubrovnik fragten. Die drei !!! räumten dankbar das Feld und gingen hinüber zum Frühstücksraum.
Kim rechnete beim Laufen kurz nach. Um 05:16 waren die Morsezeichen gesendet worden. Etwa fünf Minuten später, also um 5:21, hatte das Pärchen mit den roten Windjacken angeblich den Aufprall auf dem Wasser gehört. »David hat ein glaubwürdiges Alibi zur Tatzeit!«, rief Kim erleichtert. »Er kann Herrn Gesche nicht ins Wasser gestoßen haben.«
»Dann muss Herr Gesche selbst gesprungen sein oder es war ein Unfall!« Die Schlussfolgerung kam von Marie. »Das müssen wir Kapitän Sandolf erzählen.«
Franzi blieb vor der Tür zum Frühstücksraum stehen. »Aber das passt nicht zu dem, was Frau Gesche uns erzählt hat. Sie hat doch David und ihren Mann an der Reling gesehen, wie sie gestritten haben. Und dann war ihr Mann plötzlich weg.«
»Den Stoß direkt *gesehen* hat sie nicht«, erinnerte sich Kim. »Vielleicht hat sich Frau Gesche auch getäuscht.«
Marie runzelte die Stirn. »Oder sie hat uns absichtlich eine erfundene Geschichte aufgetischt. Aber warum hätte sie das tun sollen? Ich halte das nicht aus, dass wir immer noch im Dunkeln tappen!«

Franzi öffnete zwei Passagieren die Tür zum Frühstücksraum. Dann spann sie Maries Faden weiter. »Wer hat etwas mit diesem merkwürdigen Schlauchboot zu tun? Sind das die unbekannten Männer, die wir abends auf dem Deck über uns gehört haben?«

Kim blieb nachdenklich in der Tür stehen. »Irgendwie habe ich das komische Gefühl, als ob hinter dem Ganzen ein ausgeklügelter Plan stecken würde. Aber es ist wirklich nur so ein Gefühl.«

Plötzlich knurrte Kims Magen so laut, dass es sogar Franzi und Marie hören konnten. Die drei !!! mussten lachen.

»Kommt, lasst uns frühstücken gehen!«, sagte Marie.

Am Büffet trafen sie Tante Florentine, die sich gerade ein großes Müsli aus frischem Obst, Dinkelflakes und Haferflocken zusammenstellte. »Seeluft macht Appetit!«, sagte sie lächelnd.

Kim, Franzi und Marie holten sich auch etwas vom Büffet, aber sie ließen sich nicht so viel Zeit beim Essen wie Tante Florentine.

»Habt ihr noch was vor?«, erkundigte sich Maries Tante.

Franzi schob sich rasch ein Stück Banane in den Mund. »Ja. Unser Fall, du weißt schon …«

Zum Glück fragte Tante Florentine nicht weiter nach. »Viel Glück!«, wünschte sie nur.

Die drei !!! liefen zur Brücke. Kapitän Sandolf hatte gerade seine tägliche Besprechung mit den Offizieren. Kim, Franzi und Marie warteten ab, bis er fertig war, dann sprachen sie ihn an.

»Haben Sie einen Moment Zeit für uns? Es ist wirklich wichtig!«, sagte Franzi eindringlich.
Der Käpten seufzte. »Dann schießt mal los, aber macht es kurz, ja?«
Franzi berichtete von der Zeugin Alina und dem Alibi, das sie David gegeben hatte. Sie erwähnte auch, dass David das grüne Armband von Frau Gesche gestohlen und wieder zurückgegeben hatte. »Den Diebstahl muss er natürlich gestehen und sich dafür verantworten. Aber mit dem Verschwinden von Herrn Gesche hat er nichts zu tun. Bitte geben Sie das an die Küstenwache in Santorini weiter. Die Polizei muss David sofort freilassen!«
Kapitän Sandolf hatte Franzi mit wachsender Ungeduld zugehört. »Ich werde nichts dergleichen an die Küstenwache weitergeben. Ihr habt wirklich eine blühende Fantasie!«
»Sie glauben uns nicht?«, fragte Marie verärgert.
Der Kapitän kratzte sich am Kinn. »Sagen wir mal so, ich würde euch vielleicht gerne glauben, aber ihr habt doch gar keine Beweise für eure Behauptung. Wenn Herr Brandner wirklich so ein überzeugendes Alibi hätte, hätte er uns das doch längst mitgeteilt und sich damit selbst entlastet.«
Kim wurde nachdenklich. Es stimmte, was der Käpten sagte. Warum hatte David der Polizei nichts von Alina erzählt? Hatte er noch mehr zu verbergen?
Marie versuchte, Kapitän Sandolf umzustimmen. »Bitte gehen Sie zur Rezeption und sprechen Sie mit Alina! Sie wird es Ihnen bestätigen.«
Der Kapitän lächelte nur müde und antwortete nicht.
Kim war wütend. Das hatten sie schon so oft erlebt. Nur

weil sie noch Kinder waren, wurden sie von den Erwachsenen nicht für voll genommen.
Es hatte keinen Sinn. Kapitän Sandolf machte ihnen unmissverständlich klar, dass er jetzt weiterarbeiten musste. Energisch forderte er sie auf, die Brücke zu verlassen.
Kim war wütend und bekam plötzlich ein furchtbar schlechtes Gewissen. Die drei !!! hätten Frau Gesche nie dazu raten dürfen, ihren Verdacht dem Beamten der Küstenwache zu erzählen. Damit hatten sie David ausgeliefert!
Enttäuscht gingen die Detektivinnen über die Außentreppe zum mittleren Deck hinunter. Aus den halb offenen Fenstern des Wellness-Centers strömte ein Duft nach Orange, Zitrone und Zimt.
»Lasst uns kurz reingehen«, schlug Marie vor. »Ich brauche jetzt unbedingt ein bisschen Ruhe!«
Sie betraten den hellen, freundlichen Wartebereich. An der Tür, die zu den Behandlungsräumen führte, hing ein Schild: *Bitte nicht stören!* Offensichtlich waren alle Kosmetikerinnen gerade im Einsatz.
Die drei !!! wollten gerade wieder umkehren, als Kim plötzlich neben dem offenen Büro einen großen, länglichen Karton entdeckte. Das ungewöhnliche Format machte sie neugierig. Der Karton war nicht zugeklebt. Kim konnte es sich nicht verkneifen, in den schmalen Spalt zwischen den beiden oberen Deckeln hineinzulugen. Sie erkannte ein Gesicht mit einem struppigen Vollbart und nur einem Auge, das ihr finster entgegenstarrte. Erschrocken fuhr Kim zurück.
»Da ist die Piratenpuppe drin!«, flüsterte sie. Nachdem sie sich von ihrem Schreck erholt hatte, wusste sie, dass so eine

Gelegenheit nicht so schnell wiederkommen würde. »Los! Jetzt sehen wir uns diese Puppe mal genauer an.«
Franzi und Marie waren sofort dabei. Die drei !!! schleiften den schweren Karton in einen Abstellraum neben der Eingangstür. Dort würde sie niemand stören. Vorsichtig öffnete Marie die oberen Deckel. Sie versuchte die Piratenpuppe herauszuheben, gab es aber sofort auf. »Ächz, ich schaffe es nicht!«
»Wisst ihr noch, wie die Männer von der Schiffsmannschaft die Puppe aus dem Wasser gezogen haben?«, sagte Franzi. »Die haben doch auch gestöhnt, wie schwer sie ist.«
Kim nahm ihre Lupe und untersuchte die Puppe. An der Schläfe befand sich eine unauffällige Lautsprecheröffnung. Hier waren die Schreie der Puppe offenbar nach außen gedrungen, als die Geräuschfunktion noch intakt gewesen war. Das rot-weiß gestreifte Hemd und die zerfetzten dunklen Hosen strotzten vor Flecken. Die Kleider rochen feucht, modrig und leicht salzig von ihrem Aufenthalt im Meerwasser. Kim traute sich nicht, die Puppe anzufassen. Sie war einfach zu eklig.
Franzi dagegen hatte kein Problem damit. Ohne Scheu tastete sie den hautfarbenen Kunststoffkörper ab und drehte leicht die Arme, damit sie auch die Innenseiten sehen konnte. Auf einmal schnappte sie nach Luft. »Das gibt's nicht! Da steht was auf dem rechten Oberarm.«
Kim hielt ihre Lupe vor die Stelle, auf die Franzi zeigte. In krakeligen, schwarzen Buchstaben stand stand dort *Werner*.
»Moment mal!«, rief Marie. »Herr Gesche heißt mit Vornamen Werner!«

»Ja, genau!«, riefen Kim und Franzi.
In Kims Gehirn liefen die Drähte heiß. Plötzlich fielen ihr zwei Dinge zugleich ein. »Am ersten Tag auf dem Schiff hatte Herr Gesche doch so eine lange, schwere Segeltuchtasche dabei, die er unbedingt selbst auf seine Kabine bringen wollte! Da war die Piratenpuppe drin. Und später haben wir dann den Schrei der Puppe in der Kabine über uns gehört.«
»Ganz genau!«, sagte Franzi aufgeregt. »Die Piratenpuppe muss den Gesches gehören. Da sind innen drin Gewichte eingenäht. Meint ihr, Herr Gesche hat die Puppe ins Meer geworfen?«
Kim nickte eifrig. »Garantiert. Vielleicht wiegt die Puppe ja ungefähr so viel wie er selbst, und er wollte testen, wie lange sie braucht, bis sie im Wasser landet. Ich wette, Herr Gesche hat auch die Morsezeichen gesendet und vorher für den Ernstfall geprobt!«
Jetzt fügte sich ein Puzzleteil zum anderen. Marie sprach aus, woran auch Kim schon gedacht hatte: »*Er* hat das Schlauchboot bestellt und nicht David! Es war gar kein Unfall und auch kein Verbrechen. Herr Gesche muss das alles geplant haben. Er wollte freiwillig über Bord gehen!«
Plötzlich hörten die drei !!! von außen aufgebrachte Männerstimmen.
»Der Karton ist weg!«
»Das kann nicht sein. Das Ding muss da sein. Ingrid hat uns extra gesagt, dass wir die blöde Puppe hier abholen und in den Sanitätsraum neben der Brücke bringen sollen.«
»So ein Mist!«

Hastig stopfte Franzi die Puppe zurück in den Karton und verschloss ihn. »Was machen wir denn jetzt?«, zischte sie.
Marie grinste. »Einfach rausschieben.« Marie öffnete schwungvoll die Tür und gemeinsam schleiften sie den Karton ein kleines Stück in den Warteraum. »Wir haben uns nur kurz euer tolles Spielzeug ausgeliehen. Hier habt ihr es wieder. Ist echt cool, diese Piratenpuppe!«
Einer der Männer war so verdattert, dass er Marie mit großen Augen und offenem Mund anstarrte.
»Klappe zu, sonst wird die Milch sauer!«, brummte sein Kollege. Er warf den Mädchen einen missbilligenden Blick zu. Dann packte er den Karton und schob ihn energisch zum Ausgang.

Doppelter Salto

Die Musik im Theater brach plötzlich ab. Trommelschläge ertönten. Sie fingen langsam an und steigerten sich zu einem intensiven Trommelwirbel. Alle Zuschauer beobachteten gebannt Ilias und Ikaros.

Die beiden Artisten schwebten hoch in der Luft. Ikaros hing kopfüber am Trapez, er hatte sich nur mit den Füßen verankert. Ilias stand kerzengerade zwischen seinen Füßen. Im Zeitlupentempo bückte sie sich, umschloss mit den Händen den Holm und ging in den Handstand. Dann öffnete sie die Beine elegant zum Spagat. Eine Weile verharrten die Luftakrobaten so wie eine wunderschöne Skulptur. Danach fing Ikaros an, langsam vor und zurück zu schwingen. Seine Partnerin blieb dabei die ganze Zeit im Spagat. Ihre Beine zitterten kein einziges Mal. Ruhig löste sie den Spagat auf und ging zurück in den Handstand. Ikaros schwang seinen Körper nach oben. Er sprang zuerst und landete nach einem doppelten Salto sicher auf dem Boden. Ilias folgte ihm mit einer Schraube. Das Paar fasste sich an den Händen und verbeugte sich.

Das Publikum tobte, trampelte mit den Füßen und jubelte. Franzi sprang mehrfach in die Luft und rief laut: »Bravo, bravo, bravo!«

Als der Applaus langsam weniger wurde, klatschte Franzi immer noch begeistert weiter. Ikaros lächelte. »Danke, vielen Dank! Wir werden nun eine Zaubernummer vorführen. Dafür brauchen wir einen Zuschauer oder eine Zuschauerin, die uns assistiert. Wer möchte denn zu uns auf die Bühne kommen? Vielleicht das Mädchen mit den kurzen roten Zöpfen?«

Franzi wurde rot. »Äh … was, ich?« Mit Mago, dem Magier und Onkel ihres früheren Freundes Felipe, war sie schon einige Male auf der Bühne gestanden, aber da hatte sie sich vorbereiten können. Hier wusste sie nicht, was sie erwartete.

»Du schaffst das!«, raunte Kim ihr zu und Marie hielt den Daumen nach oben.

Da gab Franzi sich einen Ruck und lief unter dem Beifall der Zuschauer nach vorne zu Ilias und Ikaros.

Die Artisten nahmen sie in die Mitte und erklärten ihr, was sie tun sollte.

»Es ist ganz einfach«, versprach Ilias. »Ich klettere in diese Holztruhe und du musst aufpassen, dass ich nicht heimlich wieder rausklettere. Ikaros macht es sich inzwischen auf einem Sofa gemütlich. Alles klar so weit?«

Franzi nickte. Sie hatte verstanden.

Zwei Bühnenhelfer brachten eine Truhe und ein rotes Samtsofa herein. Sie stellten die Möbelstücke etwa sechs Meter voneinander entfernt ab.

»Juhuu!«, rief Ikaros und ließ sich in die weichen Polster des Sofas fallen.

Franzi nahm ihren Platz vor der Holztruhe ein. Ilias ging lächelnd auf die Truhe zu und ließ sich von Franzi den Deckel öffnen. Fasziniert betrachtete Franzi das wunderschöne Kostüm der Akrobatin. Ilias trug diesmal einen eng anliegenden lilafarbenen Gymnastikanzug mit einem Minirock aus goldenen Schnüren. Das Oberteil hatte einen kleinen runden Ausschnitt. Darin glitzerte ein hinreißendes Collier, das alle gut sehen konnten – ein Collier mit grünen Steinen! Franzi erkannte es im Gegensatz zu den Zuschauern sofort wieder.

Sie war so irritiert, dass sie den Zaubertrick gar nicht richtig mitbekam. Ilias verschwand blitzschnell in der Truhe, Ikaros zählte bis zehn und plötzlich saß Ilias neben ihm auf dem Sofa!

Die Artisten forderten Franzi auf, die Holztruhe zu öffnen. Ilias war nicht mehr drin, aber dafür flatterte eine weiße Taube heraus.

»Tatatataaa!« Die Kapelle spielte einen Tusch und Franzi hatte immer noch einen ziemlich verblüfften Ausdruck im Gesicht. Es fiel nicht weiter auf, weil Ilias, Ikaros und die Zuschauer dachten, dass sie über den Zaubertrick so erstaunt war.

Nur Kim und Marie kannten ihre Freundin besser. Als Franzi wieder neben ihnen im Zuschauerraum Platz nahm, flüsterten sie ihr besorgt zu: »Was ist denn los? Du bist ja ganz verwirrt.«

»Später«, flüsterte Franzi zurück.

Vom Rest der ersten Programmhälfte bekam Kim nicht viel mit. Dauernd musste sie daran denken, was Franzi wohl auf der Bühne gesehen hatte. Endlich fiel der Vorhang und die Zuschauer verließen den Saal, um während der Pause im Foyer ein Glas Sekt oder Orangensaft zu trinken. Ilias und Ikaros wollten auch dort sein, Autogramme geben und für Fanfotos zur Verfügung stehen.

Die drei !!! gaben Tante Florentine Bescheid, dass sie drau-

ßen frische Luft schnappen wollten. In Wirklichkeit schlichen sie sich hinter die Bühne.
Franzi erzählte Kim und Marie, dass sie das Collier am Hals von Ilias entdeckt hatte. »Entweder hat Ilias es gestohlen oder Frau Gesche hat es ihr geschenkt. Irgendwie scheint es eine Verbindung zwischen den Artisten und den Gesches zu geben. Vielleicht sind sie sogar Komplizen und stecken unter einer Decke. Auf jeden Fall sollten wir uns die Garderobe der Trapezkünstler mal näher ansehen.«
Die Künstlergarderobe war leicht zu finden. Die Namen Ilias und Ikaros standen auf einem Zettel, den jemand mit Tesafilm an die Tür geklebt hatte.
In der Garderobe herrschte kreatives Chaos: Kostüme, Perücken, Taschen, Schuhe und Schminkutensilien lagen durcheinander über den Stühlen, am Tisch mit dem großen Spiegel und am Boden. Kim verteilte dünne Gummihandschuhe an ihre Detektivkolleginnen. Dann machten sie sich konzentriert an die Arbeit.
Kim nahm sich zuerst die Kleider und Perücken vor und suchte nach verdächtigen Spuren. Als sie dort nicht fündig wurde, machte sie mit den Taschen weiter. Alle glitzerten, waren mit bunten Steinen besetzt und enthielten Bonbons, zerknüllte Taschentücher und Lippenstifte. Nur eine Tasche fiel aus dem Rahmen. Sie war schwarz und ganz schlicht. Kim spürte ein leichtes Kribbeln in den Fingern, als sie die Tasche öffnete. Sie war randvoll mit Reisepässen aus verschiedenen Ländern. Kim leerte den Inhalt über dem Tisch aus und entdeckte zwischen den Pässen einen Streifen mit Passfotos. Die Person auf den Fotos war immer die-

selbe: ein etwa 50-jähriger, kritisch dreinblickender Mann. Herr Gesche!
Kim wollte Franzi und Marie gerade ihre Entdeckung zeigen, als Marie plötzlich mit der rechten Hand einen blauen Gegenstand schwenkte. Es klirrte leise, wenn sie ihn hin und her bewegte. »Ich hab was ganz Tolles gefunden!«, berichtete sie stolz. »Einen Schlüssel. Besonders der Anhänger ist sehr interessant.«
Neugierig gingen Kim und Franzi zu ihr hin. Der Schlüsselanhänger war sehr hübsch. Er hatte die Form eines Fisches und bestand aus weichem Moosgummi.
»Der Anhänger ist so leicht, der kann im Wasser schwimmen«, wusste Marie. »Ich war mal mit Freunden meines Vaters auf einem Segelboot. Die Freunde hatten auch so einen Anhänger.«
»Schlüsselanhänger für ein Boot«, murmelte Franzi vor sich hin. Dann hob sie den Kopf und grinste. »Das wäre ganz schön verrückt, wenn dieser Schlüssel zum Schlauchboot gehören würde!«
Kim ließ den Schlüssel durch ihre Finger gleiten. Er fühlte sich kühl und glatt an, bis auf eine kleine Erhebung auf der Rückseite. Dort waren Zahlen eingeprägt.
In Kims Kopf machte es »klick!«. Schnell holte sie ihr Notizbuch heraus und verglich die beiden Zahlenkombinationen miteinander. »Haltet euch fest: Die Zahlen stimmen exakt überein! Das ist der Schlüssel zum Schlauchboot. Und da ist noch etwas: Seht euch mal diesen Fotostreifen an, den ich in der schwarzen Tasche gefunden habe! Das sind lauter Passfotos von Herrn Gesche. Oben fehlt ein Bild, das wurde he-

rausgeschnitten. Aber das ist noch nicht alles: Ich hab auch noch Reisepässe aus verschiedenen Ländern gefunden, bei denen die Passfotos fehlen!«

Die drei !!! zählten eins und eins zusammen.

Marie sog scharf die Luft ein. »Herr Gesche scheint wirklich alles vorher geplant zu haben! Und Ilias und Ikaros stecken in der Sache irgendwie mit drin. Offenbar haben die beiden einen Nebenjob: Sie fälschen Reisepässe!«

Franzi schoss mit ihrem Handy Beweisaufnahmen vom Schlüssel mit dem Moosgummi-Anhänger, vom Fotostreifen und von ein paar Reisepässen.

»Jetzt muss Kapitän Sandolf uns aber glauben!«, sagte Kim. »Ich freu mich schon auf sein Gesicht, wenn wir ihm die Beweise unter die Nase halten.«

»Das Lachen wird dir gleich vergehen.« Die Stimme von Ikaros, der plötzlich mit Ilias in der Tür stand, kam direkt aus der Tiefkühltruhe. »Was fällt euch ein, in unserer Garderobe herumzuschnüffeln?«

»Ihr habt alles durchwühlt!«, rief Ilias entrüstet. »Tickt ihr noch ganz richtig?«

Kim dachte nicht daran, sich zu entschuldigen. »Wir ticken schon noch richtig, keine Sorge. Aber bei euch bin ich mir da nicht so sicher.« Sie trommelte mit den Fingern auf die Reisepässe auf dem Tisch. »Passfälschung ist strafbar! Dafür kann man drei bis zehn Jahre ins Gefängnis wandern.«

Ikaros kam drohend auf die Detektivinnen zu. »Wir werden jetzt den Kapitän anrufen und ihm erzählen, dass ihr euch an unserem Privateigentum vergriffen habt. Das ist übrigens auch strafbar!«

»Eine sehr gute Idee«, warf Marie mutig ein. »Dann können wir Kapitän Sandolf auch gleich den Schlüssel von eurem Schlauchboot zeigen und die Passfotos von Herrn Gesche. Ihr habt ihm zur Flucht verholfen und einen Pass für ihn gefälscht?«
Ilias stieß einen leisen Schrei aus und Ikaros' Gesicht verzerrte sich. »Das werdet ihr nicht tun, verstanden?«
Die drei !!! stellten sich Schulter an Schulter dicht nebeneinander.
»Wir lassen uns nicht einschüchtern!«, sagte Franzi.
Kim sah Ilias und Ikaros abwechselnd direkt in die Augen. Sie fixierte die beiden regelrecht und stellte sich breitbeinig hin. Nach außen hin wirkte sie wie die Ruhe in Person. Gleichzeitig verkrampfte sich ihr Magen, und ihr Herz hämmerte heftig gegen die Brust.
Ikaros lachte trocken. »Ihr Kleinen haltet euch wohl für superschlau und mutig, was? Tut mir leid, aber das seid ihr nicht.« Er wechselte einen kurzen Blick mit seiner Partnerin. Ilias kicherte. Die Artisten blieben dicht nebeneinander, gingen in die Knie und warfen ihre Arme nach hinten. Dann wirbelten sie mit einer Serie von Flickflacks rückwärts zur Tür hinaus in den Flur. Alles ging rasend schnell.
»Los, hinterher!«, rief Marie.
Sie sprinteten los und sahen gerade noch, wie Ilias und Ikaros am Ende des Flurs rechts abbogen. Ein schmaler Gang führte zu einer Hintertreppe. Die drei !!! rannten die Stufen hoch: Franzi voraus, Marie dicht hinterher. Kim gab alles, um mit ihren Freundinnen mitzuhalten.
Die Treppe endete auf dem unteren Deck im windgeschütz-

ten Ruhebereich, wo ein Liegestuhl neben dem anderen stand. Kim hörte, wie vorne einzelne Liegestuhle umfielen, die Ilias und Ikaros auf ihrer Flucht einfach zur Seite stießen.
»He, was soll das?«, beschwerte sich eine junge Frau, die gerade über ihrer Klatschzeitschrift eingedöst war.
»Alles in Ordnung, schlafen Sie ruhig weiter!«, rief Franzi, während sie die Verfolgungsjagd im gleichen Tempo fortsetzte.
Leider waren die Artisten nicht umsonst unglaublich talentierte Akrobaten. Ilias und Ikaros beschlossen plötzlich, dass sie keine Lust mehr hatten weiterzurennen. Stattdessen machte Ikaros eine Räuberleiter. Seine Partnerin nutzte seine Hände als Sprungbrett und katapultierte sich mit einem Riesensatz zu einer Feuerleiter hoch. Blitzschnell drehte sie sich um und streckte Ikaros die Hände entgegen, der im gleichen Augenblick in die Höhe sprang. Schon waren beide auf der Feuerleiter. Wie zwei Äffchen hangelten sie sich die Sprossen hoch zum nächsten Deck.
»Mist!«, stöhnte Kim. »Wenn die so weitermachen, sind die in null Komma nichts auf dem Oberdeck.«
Marie sah sich hektisch um. »Die möchten ganz nach oben? Einverstanden! Dann wollen wir mal sehen, wer von uns schneller ist. Kommt mit! Da drüben ist ein Aufzug.«
Der Aufzug war zwar nur fürs Personal gedacht, aber darauf konnten die drei !!! jetzt keine Rücksicht nehmen. Sie zwängten sich in die enge Aufzugkabine und drückten auf den obersten Knopf. Der Aufzug fuhr nach oben. Als die Tür aufging, kamen sie in der Mitte des Schiffes beim Oberdeck heraus. Tief unter ihnen rauschte das Meer. Sie teilten sich

auf. Marie und Kim liefen in Richtung Bug, Franzi in Richtung Heck.
Nach ein paar Schritten hörten Marie und Kim plötzlich jemanden hinter sich keuchen. Schnell drehten sie sich um und sahen, wie Ilias und Ikaros aufs Oberdeck kletterten.
Kim steckte zwei Finger in den Mund und pfiff. Sofort drehte auch Franzi sich um. Von links und rechts rannten die Detektivinnen auf die Artisten zu.
»Gebt endlich auf!«, rief Marie. »Das hat doch keinen Sinn. Vom Schiff kommt ihr sowieso nicht weg.«
Ilias und Ikaros blieben reglos stehen. Hatten sie eingesehen, dass sie keine Chance hatten?
Kim, Marie und Franzi waren jetzt ganz dicht an den Verdächtigen dran. Gleichzeitig streckten sie die Hände aus, um die Artisten festzuhalten. Kim war sich ganz sicher, dass sie Ilias am Arm erwischt hatte, aber ihre Hand griff ins Leere. Im letzten Augenblick hatten sich die Akrobaten auf den Boden geworfen und waren geschickt unter den Detektivinnen weggerollt.
»Jetzt reicht's mir aber langsam!«, regte Franzi sich auf. Dann formte sie mit den Händen einen Trichter. »Haltet die beiden auf!«, brüllte sie. »Das sind Verbrecher!«
Zwei Brücken-Offiziere kamen Ilias und Ikaros entgegen. Sie hatten Franzis Hilferuf gehört und stoppten Ilias und Ikaros. Die Männer waren sehr groß und konnten die Flüchtenden problemlos festhalten.
»Hiergeblieben!«, sagte der eine.
»Nicht so schnell!«, sagte der andere.
Die drei !!! rannten keuchend zu den Offizieren hinüber.

»Bitte begleiten Sie uns«, bat Marie, »und nehmen Sie die beiden mit! Wir sind Detektivinnen und müssen dem Kapitän etwas Wichtiges sagen.«
Erstaunlicherweise wurden sie diesmal ernst genommen. Die Offiziere stellten keine überflüssigen Fragen. Sie nahmen Ilias und Ikaros in die Mitte und führten sie mit festem Griff zur Brücke.
»Lassen Sie uns sofort los!«, wehrte sich Ikaros. »Das ist Freiheitsberaubung.«
Ilias kratzte den einen Offizier und stieß eine Flut von teils deutschen, teils griechischen Schimpfwörtern aus. Keiner der beiden Männer ließ sich davon aus der Ruhe bringen.
Auf der Brücke sah Kapitän Sandolf ihnen beunruhigt entgegen. »Was hat denn das hier zu bedeuten?«
Die drei !!! berichteten, unterbrochen vom heftigen Protest der Akrobaten, abwechselnd von ihren Ermittlungen und legten ihre Beweise vor. Anfangs hatte der Käpten noch ungläubig den Kopf geschüttelt, aber nachdem er Franzis Fotos der Beweisstücke aus der Garderobe gesehen hatte, kam er aus dem Staunen gar nicht mehr heraus.
»Das ist ja eine unglaubliche Entdeckung, die ihr da gemacht habt. Beeindruckend! Ich werde eure Hinweise und das Beweismaterial sofort an die Küstenwache weiterleiten. Die wird gleich eine Fahndung rausgeben mit dem Foto von Herrn Gesche, das bei der Begrüßung in Istanbul gemacht wurde. Ich werde mich persönlich darum kümmern, dass David Brandner freikommt und zurück aufs Schiff darf.«
Kim hatte das Gefühl, vor Stolz spontan ein paar Zentimeter zu wachsen. »Das sind wirklich gute Nachrichten!«

»Von wegen gute Nachrichten«, protestierte Ikaros. »Alles Lügen! Gemeine, unverschämte Lügen, die diese blöden Mädchen da verbreiten. Lassen Sie uns sofort frei, wir müssen unsere Show zu Ende bringen. Die Zuschauer warten auf uns und ...«

Kapitän Sandolf schnitt ihm mit einer energischen Handbewegung das Wort ab. »Die Show können Sie vergessen. Sie bleiben beide hier und die Chef-Stewardess gibt den Zuschauern Bescheid. Ich bin sicher, ihr fällt eine Entschädigung für die ausgefallene zweite Hälfte der Vorstellung ein.«

Jetzt wurde den Artisten der Ernst ihrer Lage bewusst. Sie verstummten und wehrten sich nicht mehr.

Ein paar Minuten verstrichen, ohne dass jemand gesprochen hätte. Dann meldete ein Offizier, der Kopfhörer auf den Ohren hatte: »Ein Funkspruch von der Insel Argostoli, Käpten. Es scheint um die Sache hier zu gehen. Soll ich auf laut stellen?«

»Ja, bitte«, antwortete Kapitän Sandolf.

Durch den Lautsprecher drang eine klare Frauenstimme, die zunächst auf Englisch und anschließend auf Deutsch folgende Meldung durchgab: »Auf der Insel Argostoli wurde ein Mann gesehen, dessen Gesicht mit dem Fahndungsfoto übereinstimmt. Dieser Mann möchte nach Dubrovnik fliegen und von dort nach Italien einreisen. Die Polizei wird ihn beschatten und plant, ihn am Flughafen von Dubrovnik zu stellen. Weitere Informationen erteilt die zuständige Küstenwache, die sich mit Kapitän Sandolf in Verbindung setzen wird. Funkspruch Ende.«

Langsam drehte sich der Kapitän zu Kim, Franzi und Marie

um und lächelte. »Ich finde, ihr habt euch eine Belohnung verdient. Habt ihr Lust, bei der Überführung der Täter dabei zu sein?«

Zugriff am Flughafen

Auf den ersten Blick wirkten die drei !!! wie ganz normale Fluggäste. Sie stiegen aus dem Kleinbus eines Mietwagenanbieters, zogen schwarze Rollkoffer hinter sich her und betraten die Abflughalle des Flughafens von Dubrovnik. Entspannt plauderten sie miteinander und taten so, als würden sie gleich mit einem Flieger nach Hause reisen. Die Tarnung war ebenso harmlos wie perfekt. Der Mietwagen gehörte der kroatischen Polizei und wurde als Zivilstreifen-Fahrzeug genutzt. Die Rollkoffer enthielten keine schmutzige Urlaubswäsche, sondern waren komplett leer. Und die Detektivinnen waren nicht allein unterwegs. Vier Polizisten in Zivil, die im Kleinbus mitgefahren waren und fließend Deutsch sprachen, verteilten sich in der Abflughalle.

Die Geheim-Operation Gesche hatte begonnen.

Kim, Franzi und Marie reihten sich in die lange Schlange vor den Check-in-Schaltern ein. Geduldig schoben sich die Touristen mit ihrem Gepäck Zentimeter um Zentimeter weiter. Kim hielt nach Herrn Gesche Ausschau. Ein paar Meter weiter vorne in der Schlange entdeckte sie ihn. Er trat nervös von einem Bein aufs andere und sah alle naselang auf seine Armbanduhr. Frau Gesche war auch da. Sie musste von der Insel Santorini hergereist sein.

Kim gab dem dunkelhaarigen Polizisten in ihrer Nähe das vereinbarte Zeichen: ein unauffälliges Zwinkern mit dem rechten Auge, mehr nicht. Der Polizist gab das Zeichen sofort an seine Kollegen weiter.

»Es ist alles in Ordnung«, versuchte Frau Gesche ihren Mann zu beruhigen. »Mach dir keine Sorgen. Gleich sitzt du im Flieger und kannst ein kühles Bier trinken.«
»Wenn es nur schon so weit wäre!«, seufzte Herr Gesche. Dann zuckte er plötzlich zusammen. Eine Hand hatte sich von hinten auf seine Schulter gelegt.
»Herr Gesche?«, sagte der dunkelhaarige Polizist leise. »Bitte begleiten Sie uns. Ihre Frau darf auch gerne mitkommen.«
Während Herr Gesche vor Schreck erstarrte, blieb Frau Gesche die Ruhe in Person. »Tut uns wirklich sehr leid, aber wir haben jetzt gar keine Zeit. Mein Mann muss seinen Flieger erreichen.«
Der Polizist zog seine Dienstmarke aus der Weste und hielt sie dem Ehepaar hin. »Ich denke doch, dass Sie Zeit haben werden.«
Neben ihm waren seine Kollegen aufgetaucht. Sie nahmen die Gesches in die Mitte und lotsten sie zu einer Bank neben einem Souvenir-Shop.
Kim, Franzi und Marie schlenderten betont gelangweilt hinterher und blieben vor einem Drehständer mit Sonnenhüten stehen. Sie nutzten den Drehständer als Sichtschutz, aber die Vorsichtsmaßnahme wäre gar nicht nötig gewesen. Das Ehepaar Gesche hatte sie nicht bemerkt und im Moment außerdem ganz andere Sorgen.
»Worum geht es?«, fragte Frau Gesche kühl.
»Um einen Unfall, den Ihr Mann an Bord eines Kreuzfahrtschiffes vorgetäuscht hat«, antwortete der Polizist.
»Äh … also, d…das war so …«, stammelte Herr Gesche.
Seine Frau boxte ihm unsanft ihren Ellbogen in die Rippen.

»Du wirst gar nichts sagen, hörst du? Überlass alles mir!« Sie wandte sich wieder an die vier Polizisten. »Wir haben keine Ahnung, wovon Sie überhaupt reden. Das muss ein Missverständnis sein.«

»Nein, ist es nicht.« Der ältere Kollege des dunkelhaarigen Polizisten zog Farbabzüge von Kims Beweisfotos aus seiner Tasche. »Sind Sie in dieses Schlauchboot gesprungen, Herr Gesche?«

»Äh … ich …«

Seine Frau schnitt ihm das Wort ab: »Halt den Mund, Werner!«

»Wir wissen, dass Sie den ›Unfall‹ geplant und vorher schon eine Piratenpuppe ins Meer geworfen haben«, redete der ältere Polizist weiter. »Außerdem haben Sie die Artisten Ilias und Ikaros als Helfer angeheuert. Die beiden haben bereits zugegeben, dass sie in Ihrem Auftrag einen Pass gefälscht und Sie mit dem Schlauchboot zum Hafen von Santorini gebracht haben.«

»Woher haben Sie diese Fotos?«, fragte Frau Gesche entrüstet.

»Das spielt keine Rolle.« Der dunkelhaarige Polizist verriet seine Quelle nicht, aber Frau Gesche hatte die drei !!! inzwischen erspäht. »Die Fotos sind von den Mädchen, hab ich recht? Das soll wohl ein Witz sein! Das sind kleine Kinder, die Detektiv spielen! Und denen glauben Sie?«

Die Polizisten schwiegen, ignorierten Frau Gesche und sahen ihren Mann einfach nur ruhig an.

Das war zu viel für Herrn Gesche. Er konnte sich nicht länger zurückhalten. »Es ist vorbei, Daniela, sieh das doch ein!

Wir haben keine Chance gegen die Polizei. Und jetzt lass mich endlich ausreden!«
Er holte tief Luft und legte ein umfassendes Geständnis ab: »Meine Frau und ich sind hoch verschuldet, unsere Firma steht kurz vor der Pleite. Wir haben verzweifelt nach einem Ausweg gesucht, aber unsere Bank wollte uns keinen Kredit mehr geben. Da ist uns etwas eingefallen. Wir dachten, das ist unsere letzte Rettung. Wir wollten es so aussehen lassen, als ob ich während der Kreuzfahrt ums Leben gekommen wäre, damit meine Frau die Lebensversicherung ausgezahlt bekommt. Wir haben uns vorher informiert: In einem solchen Fall wird eine vermisste Person nach zwei Jahren für tot erklärt. Ich hatte nach der Kreuzfahrt vor, für eine Weile bei Freunden in Italien unterzutauchen. Nach der Auszahlung der Lebensversicherung wollten wir warten, bis Gras über die Sache gewachsen wäre, um uns dann mit dem Geld ins Ausland abzusetzen und an einem warmen Urlaubsort weit weg eine neue Existenz aufzubauen.«
Frau Gesche hatte mehrfach versucht, ihren Mann während des Geständnisses zu stoppen, was ihr nicht gelungen war. Voller Verachtung beschimpfte sie ihn: »Du machst alles kaputt. Von Anfang an hast du lauter Fehler gemacht. Wie konntest du bloß vergessen, die Geräuschfunktion der Piratenpuppe auszuschalten? Dann wäre keinem was aufgefallen. Und dauernd dieses Riesentheater, weil du so wasserscheu bist und nicht ins Boot springen wolltest. Und jetzt gibst du einfach auf und verrätst den Polizisten alles. Es hätte so schön werden können, aber du musst es wieder vermasseln!«
Kim erkannte die nette, verständnisvolle Frau Gesche nicht

wieder. Jetzt zeigte sie ihr wahres Gesicht. Für einen kurzen Augenblick tat Kim Herr Gesche fast leid, wie er so als begossener Pudel dastand. Aber was er und seine Frau getan hatten, fand Kim einfach nur schlimm. Das Ehepaar wollte ja nicht nur die Versicherung betrügen, sondern auch noch einem anderen Menschen einen Mord in die Schuhe schieben. Mal ganz davon abgesehen, dass die Gesches den Passagieren an Bord mit der Piratenpuppe und vor allem mit dem vermeintlichen Unfall einen Riesenschrecken eingejagt hatten.

Der dunkelhaarige Polizist sah das Ehepaar Gesche ernst an. »Sie sind beide vorläufig festgenommen wegen Betrugs und Passfälschung. Wir werden Sie jetzt mit aufs Präsidium nehmen. Dort nehmen wir Ihre Aussage auf. Sie haben das Recht, einen Anwalt hinzuzuziehen.«

»Worauf Sie sich verlassen können!«, sagte Frau Gesche entrüstet. »Unser Anwalt wird uns da rausboxen. Sie haben nichts gegen uns in der Hand!«

Die Sonne tauchte wie ein roter Ballon ins Meer, als die drei !!! abends aufs Kreuzfahrtschiff zurückkehrten. Kim stellte überrascht fest, dass sie in den letzten Stunden kein einziges Mal an Michi gedacht hatte. Die Festnahme der Gesches war aber auch zu aufregend gewesen. Danach waren Kim, Franzi und Marie noch durch die wunderschöne Altstadt von Dubrovnik gebummelt und die Mauern der 1940 Meter langen Festungsanlage entlangspaziert. Kim hatte unzählige Fotos von der magischen steinernen Stadt und der Festung Lovrijenac gemacht. Sie hatte so viele neue Eindrü-

cke gesammelt und war so viel herumgelaufen, dass ihr die Füße wehtaten.
»Jetzt geht es schon wieder weiter!« Franzi lehnte sich mit dem Oberkörper an die Reling und beobachtete, wie das Kreuzfahrtschiff den Hafen verließ und Kurs auf das letzte Ziel der Kreuzfahrt nahm: Venedig.
Auch Marie war ein bisschen wehmütig. »Echt schade, dass wir so wenig von den Inseln und von Dubrovnik gesehen haben! Am liebsten würde ich die Kreuzfahrt gleich noch mal machen.«
Kim lächelte. »Da würde ich glatt mitfahren. Das wäre eine super Belohnung für unseren gelösten Fall.«
Die drei !!! gingen zu ihrer Kabine, um sich fürs Abendessen umzuziehen. Eine halbe Stunde später trafen sie Tante Florentine, Eva, Fabian und die *Boyzzzz* im Foyer vor dem Speisesaal. Die Band war wieder komplett. Kapitän Sandolf hatte Wort gehalten und dafür gesorgt, dass der Gitarrist aus der Untersuchungshaft entlassen worden war und in Dubrovnik an Bord gehen konnte. Es gab ein großes Hallo und natürlich wollten alle wissen, wie es David auf Santorini ergangen war.
Er erzählte freimütig, dass er der Polizei den Diebstahl des grünen Armbands gestanden und außerdem zugegeben hatte, dass er Bargeld aus dem Nachttisch von Frau Gesche genommen hatte. Das Geld würde er so bald wie möglich zurückzahlen und das grüne Armband hatten die drei !!! aus dem Postfach geholt und dem Kapitän gegeben.
»Ich hab Glück im Unglück gehabt.« David redete viel leiser als sonst. »Wahrscheinlich komme ich mit einer Anzeige und

einem Bußgeld davon. Das habe ich euch zu verdanken.« Er umarmte Kim kurz und klopfte Franzi und Marie auf die Schulter. »Und wie ihr die Gesches entlarvt habt – unglaublich! Der Käpten hat mir ein paar Details verraten. Ihr seid so tolle Detektivinnen.«

»Ja, das sind sie!«, bestätigte Tante Florentine voller Stolz.

Kim wehrte verlegen ab. »Du übertreibst, David. Wir haben das doch gern für dich getan. Aber sag mal, warum hast du dich eigentlich nicht selbst entlastet? Alina von der Rezeption hätte dir doch ein Alibi geben können, dass du zur Tatzeit am Morgen bei ihr warst.«

Der Gitarrist kratzte sich an der Stirn. »Das stimmt! Daran hab ich in dem Moment gar nicht gedacht. Der Typ von der Küstenwache hat mich eiskalt erwischt. Ich war total durcheinander und hab das Gespräch mit der Stewardess völlig vergessen.«

»Es hat ja auch so geklappt, dass du freigekommen bist«, meinte Franzi.

Das Foyer hatte sich geleert, die meisten Passagiere waren schon in den Speisesaal gegangen. Einige hatten David verstohlen neugierige Blicke zugeworfen.

»Wie sieht es denn aus bei euch?«, fragte Eva in die Runde. »Wollen wir auch zum Essen gehen?«

David zögerte. »Ja, gleich …« Sein Blick streifte Nick. »Ich wollte mich noch bei dir entschuldigen, dass ich so aufbrausend war. Das tut mir wirklich leid.« Er wandte sich auch an seine Bandkollegen und Fabian. »Ich wollte den Dreh nicht durcheinanderbringen.«

»Das glaub ich dir«, sagte Nick Voss. »Für unsere Band war

das ganz schön blöd. Unter den Passagieren sind viele Fans, die haben einen ziemlich schlechten Eindruck von uns bekommen. Hast du daran schon mal gedacht?«
David schüttelte zerknirscht den Kopf. »Nicht so richtig. Ich verspreche euch, dass so was nicht mehr vorkommen wird.«
Nick schien skeptisch zu sein. »Lass uns ein andermal in Ruhe darüber reden. Jetzt sollten wir endlich reingehen. Nach dem Abendessen hat Fabian nämlich noch eine Probe für den Videodreh geplant.«
Der Regisseur nickte. »Es gibt gute Nachrichten: Die Reederei sponsert den Videoclip. Kapitän Sandolf und die Chef-Stewardess haben sich für uns eingesetzt, weil wir ja einen Vertrag haben und trotzdem nicht drehen durften.«
»Was wird denn heute Abend noch gedreht?«, erkundigte sich Marie gespannt.
Fabian lächelte. »Ein paar Szenen oben am Pool. Mit den Lichtern an Deck und dem Sternenhimmel über uns sieht das bestimmt toll aus.«
Kim spürte ein angenehmes Kribbeln im Bauch. Das Lampenfieber würde sicher noch kommen, aber jetzt dachte sie erst mal: Dreharbeiten bei Nacht, das klang total aufregend!

Vergiss mich nicht!

Der Palazzo von Tante Florentine und Onkel Michele in Venedig war hell erleuchtet. In allen Räumen im Erdgeschoss strahlten die elektrischen Kerzen der Kronleuchter. Sie verliehen den Tapeten und Wandteppichen einen goldenen Schimmer und die schönen alten Möbel kamen dadurch noch besser zur Geltung.

»Kim, hilfst du mir bitte kurz beim Tragen? Dieses Teil ist ganz schön schwer.« Tante Florentine balancierte auf einem silbernen Tablett kleine Vorspeisen: Datteln im Speckmantel, Babytomaten, Auberginenröllchen und winzige frittierte Fische.

Onkel Michele hatte sich wieder mal selbst übertroffen. Er besaß eine Cateringfirma, die leckere *cicchetti*, das waren venezianische Häppchen, an verschiedene Kunden in Venedig auslieferte.

»Klar doch!« Kim packte mit an und trug das Tablett zum Büffet im Wohnzimmer.

»Ich glaube, jetzt haben wir alles.« Onkel Michele stellte auf dem letzten freien Platz eine große Schale mit frischen Früchten ab und betrachtete zufrieden sein Werk. »Ich hoffe, die Gäste bringen ordentlich Hunger mit!«

Tante Florentine gab ihm einen Kuss auf die Wange. »Ganz bestimmt! Das war übrigens eine geniale Idee von dir, für uns heimgekehrte ›Kreuzfahrer‹ eine Willkommens-Party zu geben!«

Die beiden schienen noch genauso verliebt wie am Tag ihrer

Hochzeit. Bei der nachträglichen Hochzeitsfeier waren die drei !!! dabei gewesen. Kim erinnerte sich noch lebhaft an das rauschende Fest. Die Venezianer verstanden es wirklich zu feiern!

»Wo bleiben denn die *Boyzzzz*?« Franzi sah nervös auf ihre Armbanduhr. »Sie wollten doch noch die Instrumente aufbauen, bevor die Gäste kommen.«

In dem Moment klingelte es an der Haustür. »Das müssen sie sein! Ich mach schon auf.« Marie lief trotz hochhackiger Sandalen erstaunlich schnell zur Eingangshalle.

Kurz darauf war der Palazzo voller Leben. Nick, David und die anderen Bandmitglieder kamen voll bepackt mit Verstärkern, Instrumenten und Mikrofonen an. Eva und Regisseur Fabian halfen ihnen beim Tragen.

»Wo soll denn die Bühne sein?«, fragte Nick.

Onkel Michele zeigte es ihm. »Am besten passt es im Wohnzimmer. Dort hab ich schon ein paar Podeste aufgestellt. Ich kümmere mich dann auch gleich um die Leinwand und den Beamer.«

»Oh Mann, ich bin schon total aufgeregt!«, stöhnte Bobby. Kim hatte den Bassisten schon immer gemocht. Jetzt war er ihr gleich noch sympathischer geworden.

Auch Kim war aufgeregt. Bei der Party würden die *Boyzzzz* zum ersten Mal ihren neuen Song *Cruising* live spielen. Kim, Franzi und Marie durften zusammen mit Lili und Nora dazu tanzen und ihre Choreografie zeigen.

Während die Band aufbaute, trudelten nach und nach die Gäste ein: unzählige Verwandte von Onkel Michele und viele gemeinsame Freunde von ihm und Tante Florentine. Bald

war der Palazzo erfüllt vom Lachen und den Stimmen der Gäste. Es gab Sekt und Orangensaft zur Begrüßung. Mit den Gläsern in der Hand standen die Gäste in kleinen Gruppen zusammen.
Kim, Franzi und Marie zogen sich in einen Nebenraum zurück und schlüpften in ihre Blumenkleider, die sie schon beim Dreh am Pool des Kreuzfahrtschiffes getragen hatten.
Und dann war es so weit! Kim, Franzi und Marie liefen mit den *Boyzzzz* auf die Bühne und wurden mit begeistertem Applaus begrüßt.
Nick Voss griff zum Mikrofon. »Danke, Leute! Toll, dass ihr da seid. Unser neues Album ist fertig! Zum letzten Song haben wir auf See kurz vor Venedig einen Videoclip gemacht. Heute freuen wir uns, euch diesen Song live zu präsentieren. Viel Spaß mit *Cruising*!«
Onkel Michele übersetzte für die italienischen Gäste die kurze Rede des Sängers. Dann drückte Fabian eine Taste auf seinem Laptop. Über die Leinwand, die hinter der Band aufgestellt war, flimmerte der erste Mitschnitt des Videos.
David spielte ein kleines Gitarren-Intro: eine sanfte, schwebende Melodie. Das Tempo war etwas langsamer als an Bord des Kreuzfahrtschiffes. Nick hatte David schließlich doch noch von seiner Meinung überzeugen können.
Dann begann Nick mit der ersten Strophe.

»Let's cruise together!
Come on, cruising is fun!
It's the best time of my life.
Cruising with you.«

Kim, Franzi und Marie wiegten sich zum Takt in den Hüften. Kim machte kurz die Augen zu, um die Musik noch besser zu spüren. Die einfache Schrittkombination klappte super. Alle fünf Mädchen bewegten sich gleichzeitig nach rechts und nach links.
Bei der zweiten Strophe wurde die Melodie rauer. Nick sang davon, wie weh es tut, wenn man sich streitet und zwischen zwei Liebenden plötzlich Eiszeit herrscht. Kim, Franzi und Marie boxten mit den Fäusten in die Luft, drehten sich und stampften mit den Füßen zum harten Beat des Schlagzeugs. Nach einem Trommelwirbel wurde der Song wieder weicher. David nahm mit der Gitarre die Melodie vom Anfang auf. Nick legte ganz viel Gefühl in seine Stimme. Das Paar versöhnte sich und wurde sehr, sehr glücklich.
Am Schluss malten die Mädchen unsichtbare Herzen in die Luft. Ein letztes leises Meeresrauschen, das Joe mit dem Besen auf einer kleinen Trommel erzeugte, verklang im Wohnzimmer des Palazzos.
Die Gäste waren so gerührt, dass sie erst nach einer Weile zögernd zu klatschen begannen. Rasch steigerte sich der Applaus, alle jubelten begeistert.
Kim, Franzi und Marie strahlten sich gegenseitig an und verbeugten sich. Kim fühlte sich leicht und frei. Sie hatte nach dem wunderbaren Song, den sie gemeinsam gespielt, gesungen und gehört hatten, den Eindruck, mit ihren Freundinnen und all den Menschen im Raum verbunden zu sein. Aber sie war auch ein wenig erleichtert, als sie die Bühne verlassen durfte und nicht mehr im Rampenlicht stand.
Die Bandmitglieder gaben Autogramme und beantworteten

bereitwillig die Fragen der Gäste. Onkel Michele und Tante Florentine übersetzten eifrig aus dem Italienischen ins Deutsche. Es wurde viel gelacht und gescherzt.
»Was machst du jetzt eigentlich mit dem Autogramm von Ilias und Ikaros?«, erkundigte sich Kim.
Franzi überlegte. »Ich glaube, das behalte ich. Die beiden sind zwar Verbrecher, aber sie können wirklich unglaublich tolle Kunststücke auf dem Trapez machen. Die Show war der absolute Hammer.«
»Das stimmt«, sagte Marie. »Apropos Verbrecher: Wir haben noch gar nicht auf unseren erfolgreich gelösten Fall angestoßen.«
»Dann sollten wir das sofort nachholen!« Kim organisierte drei Gläser mit Orangensaft vom Büffet.
Die Detektivinnen prosteten sich gegenseitig zu.
»Auf uns!«, sagte Kim.
»Auf unsere ersten Ermittlungen auf einem Kreuzfahrtschiff«, sagte Franzi.
»Und auf viele spannende Fälle für unseren Club in der Zukunft!«, fügte Marie hinzu.
Kim nahm einen Schluck Orangensaft. Da meldete sich ihr Handy mit einem »Pling!«. Sie stellte ihr Glas ab und zog das Smartphone aus ihrer Hosentasche. »Vielleicht ist das ja Kapitän Sandolf oder einer der Polizisten aus Dubrovnik.« Kim warf einen Blick aufs Display und schluckte. Die Nachricht war von Michi. »Entschuldigt bitte«, sagte sie zu Franzi und Marie. »Bin gleich wieder da.«
Sie musste jetzt kurz alleine sein. Kim zog sich in den Nebenraum zurück und setzte sich auf einen roten Sessel mit

verschnörkelten Füßen, ein Erbstück aus Onkel Micheles Familie. Ihre Hände zitterten leicht, als sie die komplette Nachricht öffnete.

Hallo Kim,
wie geht es dir? Ich hoffe, du hattest eine spannende Kreuzfahrt. Ich wollte mich für die wunderschöne Zeit mit dir bedanken. Es tut mir sehr, sehr leid, dass wir nicht länger zusammenbleiben können! Aber vielleicht werden wir eines Tages Freunde und sehen uns ab und zu? Das fände ich schön.
Ich wünsch dir für die Zukunft alles, alles Gute!
Michi

Während Kim die Nachricht las, stiegen ihr Tränen in die Augen. Er hatte *Hallo Kim* und nicht *Liebe* oder *Liebste Kim* geschrieben und zum Abschied *Michi* und nicht *Dein Michi*. Das gab ihr einen Stich ins Herz.
Was sollte sie Michi bloß zurückschreiben? Kim beschloss, nicht lange zu grübeln, und schickte spontan eine Antwort.

Hallo Michi,
vielen Dank für deine Nachricht. Die Kreuzfahrt war wirklich sehr spannend. Franzi, Marie und ich haben einen neuen Fall gelöst.
Ich weiß noch nicht, ob ich das kann, einfach nur Freunde zu sein. Aber ich melde mich bestimmt mal bei dir.
Ich werd dich nie vergessen!
Kim

Sie schaltete das Handy aus, um nicht in Versuchung zu geraten, auf eine weitere Nachricht von Michi zu warten.
Da erschien Marie im Türrahmen. »Hier versteckst du dich also! Franzi und ich brauchen dich auf der Tanzfläche. Wir sterben sonst vor Langeweile!«
Kim stand auf. »Echt? Na, wenn das so ist, muss ich euch natürlich retten. Ich hab ja jetzt schon ein bisschen Übung.«

Geheimes Tagebuch von Kim Jülich
Sonntag, 10:34 Uhr
Ich weiß, es ist langweilig, im Wartesaal des Flughafens von Venedig herumzusitzen. Aber das ist noch lange kein Grund, mir so neugierig über die Schulter zu schauen. Letzter Aufruf an alle Passagiere, die rechts und links neben mir sitzen: Dieses Tagebuch gehört mir. Nur ich darf es lesen!!! Verstanden???
Bald wird unser Gate geöffnet. Dann dürfen Franzi, Marie und ich in den Flieger nach Deutschland steigen. Aber vorher muss ich unbedingt noch ins geheime Tagebuch schreiben. Es geht nämlich, ich kann sogar wieder über Michi schreiben!
Seine Nachricht war so schrecklich! Ich musste nach der Party ganz viel weinen. Mir ist noch mal so richtig klar geworden: Michi hat Schluss gemacht, es ist vorbei! Wir werden nicht mehr zusammenkommen. Nie mehr!!!
Ich muss wieder daran denken, was meine Mutter gesagt hat: dass der Liebeskummer mit der Zeit schwächer werden wird. Am Karfreitag hab ich ihr das nicht geglaubt. Ich dachte, sie sagt das nur, um mich zu beruhigen und zu trösten. Aber vielleicht stimmt es wirklich. Vielleicht werde ich eines Tages auf-

wachen und nicht sofort traurig sein. Vielleicht werde ich mich wieder über den blauen Himmel und die Blumen und das Zwitschern der Vögel freuen können. Nicht jetzt, nicht heute, aber irgendwann in der Zukunft.
Bis es so weit ist, tausche ich mit Franzi und Marie unsere Urlaubsfotos von der Kreuzfahrt aus. Wir könnten ein Fotobuch daraus machen. Gerade halte ich die Aufnahme in der Hand, die der Fotograf am Hafen in Istanbul von Kim, Franzi, mir und Tante Florentine gemacht hat. Marie hakt sich bei Franzi und mir ein. Wir lachen alle drei in die Kamera und sehen richtig glücklich aus. Ich bin so froh, dass es Franzi und Marie gibt. Weil wir Detektivinnen und weil wir Freundinnen sind: für immer!